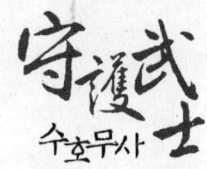

守護武士
수호무사

FANTASTIC ORIENTAL HEROES
각사 新무협 판타지 소설

수호무사 3

각사 新무협 판타지 소설

초판 1쇄 찍은 날 § 2011년 5월 25일
초판 1쇄 펴낸 날 § 2011년 6월 1일

지은이 § 각사
펴낸이 § 서경석

총괄팀장 § 유경화
편집책임 § 어정원

펴낸곳 § 도서출판 청어람
등록번호 § 제1081-1-89호
등록일자 § 1999. 5. 31
어람번호 § 제2-2096호

주소 § 경기도 부천시 원미구 심곡2동 163-2 서경B/D 3F (우) 420-822
전화 § 032-656-4452 팩스 § 032-656-4453
http://www.chungeoram.com
E-mail § chungeoram@chungeoram.com

ⓒ 각사, 2011

ISBN 978-89-251-2521-3 04810
ISBN 978-89-251-2484-1 (세트)

※ 파본은 구입하신 서점에서 교환하여 드립니다.
※ 저자와 협의하여 인지를 붙이지 않습니다.
※ 이 책은 도서출판 청어람과 저작자의 계약에 의해 출판된 것이므로,
  무단 전재 및 유포·공유를 금합니다.

각사 新무협 판타지 소설

FANTASTIC ORIENTAL HEROES

守護武士
수호무사
③

目次

제1장	윤, 이시백과 겨루다	7
제2장	건유운, 천살성의 비밀을 밝히다	43
제3장	염화탁, 백도련주가 되다	73
제4장	무유화, 청도문으로 향하다	91
제5장	원치경, 호위무사들을 염탐하다	121
제6장	가오성, 혈불과 맞서다	153
제7장	안우문, 윤의 본모습을 알리다	177
제8장	염부심, 철혈무가로 돌아오다	209
제9장	은영, 드디어 천령과 자웅을 다투다	235
제10장	은영삼주, 천살성의 폭주를 막다	271
제11장	윤, 모든 봉인을 풀다	295

第一章 윤이시 백과 겨루다

수호무사

한창 업무에 집중하던 염화탁이 잠시 일손을 놓고 관자놀이를 지그시 누르며 지끈거리는 머리를 달랬다.

옆에서 무진강을 보좌할 땐 몰랐는데, 막상 가주 직에 오르고 보니 사소한 일부터 큰일까지 자신이 신경 써야 할 일이 한두 가지가 아니었다.

하루 온종일 집무실에 처박혀 서류 뭉치와 싸움을 하지만, 해결하는 일보다 쌓이는 일이 점점 더 많아지기만 했다.

"후우, 이거야 원, 해도 해도 끝이 안 보이는구나."

염화탁이 가볍게 한숨을 내쉬며 중얼거렸다.

"이 많은 일을 가주께선 어찌 홀로 다 처리하셨단 말인가."

염화탁이 죽은 무진강을 생각하며 혀를 찼다.

그의 대단함을 새삼 느낀 까닭이었다.

그러던 어느 순간,

염화탁이 집무실로 들어서는 음서서를 발견하곤 입을 열었다.

"어쩐 일이오."

"지나는 길에 잠시 들렀습니다."

"앉으시오."

"그러다 몸이라도 상하실까 걱정입니다. 사소한 일은 아랫사람들을 시켜도 무방하지 않습니까. 어찌 그 많은 일을 홀로 다 처리하려 하십니까. 쉬엄쉬엄하셔도 상공의 부지런함은 만인이 다 알고 있는 사실입니다."

"부지런하면 무엇하오. 일 처리가 이리도 서투른 걸."

염화탁이 탁자 위에 어지러이 펼쳐진 서류 뭉치들을 바라보며 살짝 인상을 찡그렸다.

"처음이라 어색하여 그런 것이 아니겠습니까. 차차 익숙해지실 것입니다. 그나저나 상공."

"내게 할 말이라도 있는 것이오?"

염화탁이 자신의 눈치를 힐끔힐끔 살피는 음서서를 가만히 바라보며 물었다.

"제가 오늘 이상한 이야기를 들었습니다."

"무슨 이야기를 들었기에 그러오?"

고운 아미를 살포시 찡그리는 음서서를 향해 염화탁이 궁금하여 물었다.

"윤이가 말입니다."

"윤이가 뭐 어쨌다는 것이오?"

"바보가 아니라는 소문이 있습니다."

"그 무슨 말이오? 윤이가 바보가 아니라니?"

염화탁이 황당한 듯 되물었다.

"상공께서도 아가씨와 윤이가 간혹 저자에 나가는 것을 알고 계시질 않습니까."

"보고는 받아 알고 있소."

"혹시나 하는 마음에 제가 그들이 들렀다는 저자의 곳곳을 수소문하라 지시했는데, 오늘 그들의 행적을 조사한 아이가 돌아와 그런 말을 하였습니다. 윤이와 아가씨를 기억하는 저자의 상인들 대부분이 윤이를 바보라 말한 사람은 없다 합니다. 그 행동이 조금 어눌하다 뿐이지, 그의 언행이 지극히 정상적이라 했답니다."

"당치 않은 소리요. 그들이 사람을 잘못 본 것이겠지."

염화탁이 인상을 버럭 쓰며 고개를 설레설레 저었다.

윤이가 바보가 아닌 정상이라니, 소년 시절부터 윤이를 쭉 지켜본 염화탁으로서는 그 소식을 도무지 믿을 수가 없었다.

"그렇다면 바보인 윤이 용노야의 구천류를 익힌 것은 말이 된다고 생각하십니까?"

"그거야……."

마땅히 대꾸할 말을 찾지 못했는지 염화탁이 말끝을 흐렸다.

"윤이를 보고 남들이 다 바보라 하니 그저 바보인 줄 알았던 것은 아닐까. 요즘 들어 그 아이를 생각할 때면 무척 혼란스럽습니다. 더구나 최종 경합에서 그 바보가 보였던 모습이 자꾸 눈에 선합니다."

말을 마친 음서서의 머릿속으로 최종 경합 당시 윤이 자신의 미간을 향해 겨누었던 섬뜩한 검끝이 떠올랐다.
　만약 그 행동이 우연이 아니었다면.
　순간 음서서의 모골이 송연해졌다.
　"소문이 사실이라면 수 년 동안 본가 전체를 속인 무섭고도 섬뜩한 아이입니다. 어쨌든 충분히 조사를 해볼 필요는 있다 생각됩니다, 상공."
　"으음……."
　음서서의 재촉에 염화탁이 가벼운 신음성을 내뱉었다.
　그럴 리는 없겠지만, 만약 음서서가 전한 말이 사실이라면 이는 정말 놀람을 떠나 희대의 사기극이라 해도 과언이 아닌 경악스러운 일이 아닐 수 없었다.
　"월하정의 정성도를 불러 내 한번 확인하도록 하겠소."
　"측근의 인물에게조차 들킬 정도로 어수룩했다면 어찌 본가의 식솔들을 속일 수 있었겠습니까. 정성도가 아무리 눈치가 빠르다 하나 의미없는 일일 것입니다. 오히려 월하정의 의심만 살 뿐이겠지요. 차라리 윤과 월하정에 대한 조사와 감시를 강화하는 것이 나을 것 같습니다. 밑져야 본전이 아니겠습니까."
　"알겠소. 바로 조치를 취하도록 하겠소."
　염화탁이 심각한 얼굴로 고개를 끄덕이며 중얼거렸다.
　가만히 듣고 보니 가벼이 넘겨 버릴 일이 결코 아니었기 때문이다.
　"백도련의 회합 일정은 잡혔습니까?"
　"오는 달 초순으로 일정이 잡혔으니 부인은 손님들이 머무는

데 불편함이 없도록 세심히 신경을 써야 할 것이오."

"그렇지 않아도 벌써부터 준비를 하고 있습니다. 그 부분은 심려를 놓으셔도 될 것입니다."

음서서가 다소곳한 음성으로 대답했다.

요즘 들어 음서서의 표정이 밝았다.

그녀뿐만이 아니라 업무에 치여 피곤한 모습이지만 염화탁의 표정 또한 밝기는 마찬가지였다.

염화탁이 드디어 철혈무가의 가주 직을 차지해서가 아니었다.

그들의 밝은 표정은 적여립으로부터 날아온 염부심에 대한 소식 때문이었다.

염화탁과 음서서 또한 그 여느 부모와 다를 바가 없었다.

다 죽어가던 염부심이 거짓말처럼 건강을 되찾고, 그것도 모자라 염부심을 위해 준비된 고된 수련마저 거뜬히 이겨내고 있다고 하니 염화탁과 음서서는 세상을 다 얻은 것 같은 기분이 들었다.

"조만간 부심이가 돌아올 수도 있다는 전갈이 왔습니다. 그저 부심이가 대견하고 또 대견할 뿐입니다. 하루라도 빨리 부심이의 얼굴을 볼 수 있으면 좋으련만……."

음서서가 잔뜩 상기된 음성으로 입을 열었다.

"적여립이라는 자, 정말 믿을 수 있는 사람이오?"

염부심이 건강을 되찾았다는 소식이 기쁜 것은 사실이지만, 염화탁은 여전히 적여립에 대한 의심을 지우지 못하고 있는 상태였다.

"믿을 수 있고 믿을 수 없음이 무엇이 그리 중요하단 말입니까. 우리에게 중요한 것은 부심이가 새로운 생명을 얻었다는 점 아니겠습니까."

"그들이 누구인지 몰라서 그런 소릴 하는 게요."

"왜 모르겠습니까. 무림 공적이 되어 멸문을 당한 무리의 잔당이 아닙니까."

"적여립이라는 자, 그자가 어찌 그들과 연이 닿았는지 아무래도 석연치가 않소."

염화탁이 미간을 찡그리며 중얼거렸다.

"백도련의 한자리를 차지하고 싶어 안달이 난 사람입니다. 제가 보기엔 무너진 자신의 가문을 되살리기 위해서라면 지옥불도 마다하지 않을 인간입니다. 심려를 놓으셔도 될 것입니다. 뒤처리만 깔끔하게 마무리한다면 이 세상 그 누구도 모를 일일 테니 말입니다."

음서서의 표정에 확신이 깃들었다.

그런 그녀가 계속 말을 이었다.

"그나저나 상공, 이번 회합 때 적 소협에게 백도련의 한자리를 내어주도록 힘 좀 써주셔야겠습니다. 그래도 약속이니 그 정도쯤은 해주어야 하지 않겠습니까."

"으음……."

이미 새로운 련주로 모든 이가 염화탁을 추대하는 이 마당에 백도련에 한자리를 마련하는 것은 문제도 아니었다.

하지만 석연치 않은 느낌 때문에 염화탁의 표정은 어둡기만 했다.

"그리고 곧 부심이가 돌아올 텐데, 부심이의 자리도 하나 준비를 해두어야 할 듯싶습니다. 상공의 뒤를 이을 자식인데, 중전의 한자리도 좋고 백도련의 한자리도 괜찮을 듯싶은데, 어떻습니까?"

"부심이의 의견도 들어봐야 하니 그 일은 부심이가 돌아온 뒤 다시 한 번 이야기하도록 합시다."

"예. 알겠습니다, 상공."

음서서의 얼굴엔 시종일관 보기 좋은 미소가 매달려 있었다.

*   *   *

금빛 잉어들이 노니는 연못 위로 눈부신 햇살이 부서져 내렸다.

연못 한쪽 가에는 기품 가득한 정자가 자리했고, 그 주위엔 아름다운 기화이초가 무성했다.

인공적으로 만든 장소이건만, 그 광경이 너무도 조화로워 마치 자연이 빚어낸 예술품처럼 느껴졌다.

"……"

한 노인이 정자 한편에 서서 만감이 교차되는 눈빛으로 주위의 경치를 둘러봤다.

노인이 직접 진두지휘하며 수십 년 공을 들여 꾸민 정원이었다.

그 모습이 아름다움을 뛰어넘어 우아하기까지 했다.

하지만 저 빼어난 모습도 노인의 허전한 가슴을 채우기에는 역부족이었다.

 '과거의 모습을 되찾기가 이토록 힘들단 말인가! 벌써 이십 년이란 시간이 흘렀거늘. 무진강 그대가 내게 남긴 상처가 너무나도 깊구나. 그토록 쉽게 죽을 그대가 아니거늘, 그대는 대체 무엇을 위하여 목숨을 버렸단 말인가.'

 상념에 빠진 노인이 살짝 미간이 찌푸렸다.

 언제부터인가 그의 유일한 적수이던 무진강을 떠올릴 때면 나타나는 습관이었다.

 "흐음……."

 노인이 가벼운 한숨을 내쉬었다.

 그렇게 얼마의 시간이 지났을까.

 "……."

 노인의 곁으로 적여립이 발소리를 죽이며 다가섰다.

 적여립의 행동이 무척 조심스러웠다.

 "천주, 천령들이 깨어났습니다."

 적여립이 들뜬 마음을 애써 감추며 공손한 음성으로 말했다.

 순간 노인이 눈빛이 반짝 빛났다.

 자신의 예상보다 천령들의 출관이 다소 빨랐기 때문이다.

 "염가의 자식은 어찌 되었느냐?"

 노인이 상념을 싹 떨쳐 내곤 무심하게 물었다.

 "천령의 모습으로 출관을 기다리고 있습니다."

 "시술의 부작용은?"

 절맥지체의 치유에 대한 물음이었다.

 "지금까지는 그 어떤 부작용도 발견하지 못했습니다. 앞으로 일이 년가량 더 지켜봐야 확실한 답이 나올 것 같습니다."

"그간의 노력이 헛되지 않도록 각별한 신경을 써야 할 것이다. 현재로서는 그 아이의 존재만이 백도련의 힘을 이용할 수 있는 방법이 될 테니 말이다."

"명심, 또 명심하겠습니다."

"그 외 생존한 령은 몇 명이더냐?"

"셋입니다."

"셋?"

노인이 안면을 찡그리며 짧게 되물었다.

"죄송합니다."

적여립이 조아린 고개를 더욱 깊숙이 숙였다.

"예상보다 많진 않구나."

노인이 다소 아쉬운 음성을 내뱉었다.

하지만 이내 표정을 펴며 물었다.

"그들의 성취 정도는 어떠하냐?"

"더 지켜봐야 알 일이지만, 전 기수의 천령들과 견주어도 그 능력이 뒤처지지 않았습니다. 동일한 출관 시점으로 판단한다면 출관을 앞둔 천령들의 능력이 더욱 훌륭하다 감히 말씀을 드릴 수 있습니다."

'역천대법 후서의 힘이 그토록 컸단 말인가.'

노인이 내심 중얼거렸다.

"출관일은?"

"천주의 명을 받고자 이렇게 청을 드리러 왔습니다."

"난 상관없으니 알아서 일정을 잡도록 하라."

"그럼 곧 일정을 잡아 보고를 드리겠습니다."

적여립이 두 손을 공손히 맞잡고 한껏 허리를 굽혔다.

그런 그에게 노인이 물었다.

"곽한의 행적은 여전히 오리무중이더냐?"

"그렇습니다. 제자, 천주를 뵐 면목이 없습니다."

"너를 탓하고자 꺼낸 말이 아니니 괘념치 말거라. 그 아이를 신임한 내 불찰이 불씨가 되어 화를 키웠으니……. 쯧쯧! 어리석구나."

"어찌 그것이 천주의 불찰이라 할 수 있겠습니까. 저의 능력이 미천하여 벌어진 일입니다. 이 제자를 벌하심이 마땅한 줄 아룁니다."

"벌이라니, 가당치 않구나. 어쨌든 살아 있다면 언젠가는 다시 만나게 될 테지. 흐음……. 세작들의 색출 작업은 어느 정도 진척이 되었느냐?"

가벼운 한숨을 내쉬기가 무섭게 노인이 적여립에게 물었다.

"밀영대원에 대한 심문을 모두 마쳤으며, 천주의 명대로 그 중 의심 가는 자들을 견노에게 넘긴 상태이옵니다. 명일부터 천령들을 내세워 모든 조직에 대한 감찰을 실시할 예정이옵니다."

"세작의 정체가 삼악도를 이겨낸 은영들이라면 색출 과정이 쉽진 않을 것이다. 견노가 맘껏 힘을 발휘할 수 있도록 충분한 배려를 하도록 하라."

"제자, 천주의 명을 받사옵니다."

"그리고……."

잠시 말꼬리를 흐린 노인이 미간을 살짝 찌푸리곤 말을 이었다.

"적령과 맞섰다던 그 윤이라는 아이와 그 주위의 인물들이 자꾸 눈에 거슬리는구나."

"천령들의 출관 작업이 끝내는 대로 이 제자가 직접 그들을 조사할 계획이오니 심려 놓으십시오, 천주."

말은 공손했지만 적여립의 심사는 이미 뒤틀린 상태였다.

그토록 침이 마르도록 자랑하던 견노에게 용사량을 맡기면 윤의 정체를 쉽게 파악할 수 있을 텐데, 일을 이토록 어렵게 만드는 노인의 심중을 적여립은 당최 이해를 할 수 없었다.

"내 왜 네 마음을 모르겠느냐."

아무런 내색도 하질 않았건만, 노인이 적여립의 심중을 읽었다는 양 중얼거렸다.

그에 뜨끔한 적여립의 미간이 잔뜩 좁혀졌다.

허리를 숙였기에 그 표정을 노인이 볼 리 만무했지만, 그마저도 들킬까 봐 불안한 적여립이었다.

"네가 불편하더라도 용사량만큼은 귀인 대접을 해주도록 하여라. 같은 하늘을 이고 살 수 없는 원수와 같은 존재이지만, 그는 그만한 대우를 받을 만한 충분한 자격이 있으니 말이다. 그리고 이제는 무유화를 자연스럽게 본 문으로 데려올 방법을 찾아야만 한다. 무진강 또한 그 아이가 화령지체(火靈之體)임을 이미 알고 있었을 터, 그 아이에 대한 안배를 분명 남겨 놓았을 것이다. 그러니 천령들의 대사형인 너는 그 어떤 일보다 화령지체를 얻는 일에 최선을 다해야 할 것이다. 알겠느냐?"

"이 제자, 천주의 가르침에 어긋나지 않도록 최선을 다할 것입니다."

 적여립이 자신의 마음마저 꿰뚫고 있는 노인에게 허리를 최대한 낮추며 입을 열었다.

 그런 그의 가슴 한편으로 그동안 잠시 잊고 있던 노인에 대한 두려움이 뭉클뭉클 피어났다.

*　　　*　　　*

 희미한 불빛, 그리고 잊을 만하면 들려오는 괴기스런 울음소리.

 외부와 완전히 차단된, 그 구조조차 알 수 없는 미로처럼 만들어진 석실이다.

 어쩌면 이승이 아닌 저승처럼 느껴지는 장소.

 그 석실 한편에 만들어진 작지 않은 밀실에 네 사내가 각자의 자리를 꿰찬 채 앉아 있었다.

 그 모습이 몰라볼 정도로 달라졌다 하나 그중 한 명은 분명 염부심이었다.

 그런 그의 전신으로 심상치 않은 예기가 흐르고 있었다.

"……."

 모두 벙어리인 양 입을 꾹 다물고 있었다.

 끝없는 고요가 계속될 것만 같던 어느 순간, 진한 흑발을 어깨 아래까지 길게 늘어뜨린 사내가 석실의 문가를 힐끗 쳐다보곤 지루한 침묵을 깼다.

"이렇게 마냥 기다리라는 건가? 설마 이 무료함을 견디는 것도 수련 과정 중 하나는 아니겠지?"

"차라리 수련을 받는 것이 나을 것 같군. 그 지옥 같던 수련이 이토록 그리울 줄이야."

한번 침묵이 깨지자 그토록 조용하던 사내들이 자연스럽게 입을 열기 시작했다.

"다들 벙어리인 줄 알았는데 그게 아니었나 보군. 후후."

각진 턱과 부리부리한 눈매를 가진 사내가 엷은 미소를 지었다.

그런 그가 여전히 입을 다물고 있는 염부심에게 호감을 드러내며 입을 열었다.

"구자정이라 하네."

"……"

염부심이 감고 있던 두 눈을 슬쩍 치켜뜨곤 구자정을 빤히 바라봤다.

그렇게 잠깐의 어색함이 흘렀다.

"염부심."

"염부심? 그렇다면 자네가 바로 철혈무가에서 왔다는 그 수련생인가 보군."

구자정이 다소 놀랍다는 양 소란을 떨었다.

"다 죽어가는 몸뚱이를 이끌고 왔다 들었는데 용케 살아남았군. 무슨 기연이라도 얻은 것인가?"

빈정대는 말투였지만, 구자정의 눈가엔 호기심이 가득했다.

'나는 이놈을 모르는데 이놈은 나를 안다는 말인가?'

순간 염부심의 머릿속으로 진한 의문이 뭉클뭉클 피어났다.

난생처음 보는 자들이다.

어디인지도 모를 낯선 곳에 와서, 염부심이 지금껏 본 사람은 수련 과정에서 만난 짐승처럼 날뛰는 괴물들이 전부였다.

아니, 그를 수련시킨 사람도 여럿이었지만, 이들 중 그들과 일치하는 인물은 단 한 명도 없었다.

"나를 어찌 알지?"

의문을 끝내 떨쳐 내지 못한 염부심이 구자정을 예리하게 쏠어보며 물었다.

"소문을 들었으니까 알고 있는 것이 아니겠나."

"소문?"

염부심이 짧게 반문했다.

"천한 것들이 어찌 감히 명문대파의 자제와 비교나 될 수 있을까. 그만하지, 아무것도 모를 수밖에 없는 귀공자시니까."

긴 흑발을 늘어뜨린 사내가 무미건조한 음성을 내뱉었다.

순간 염부심의 시선이 자연스럽게 그에게로 향했다.

사내의 뒤틀린 말투에 기분이 상할 법도 하련만, 염부심의 표정은 무심할 정도로 차분했다.

"궁금한 것이 있는데, 물어도 되나?"

염부심이 물었다.

그러자 긴 흑발의 사내가 가볍게 고개를 끄덕였다.

"어떻게 이곳의 수련생이 되었나?"

"수련생이 될 수 있는 방법은 두 가지뿐이지. 하나는 선택을 받아 목숨을 얻는 것이고, 둘은 선택을 받기 위해 목숨을 버리는 것이지. 당신은 그 하나에 해당하고, 우리는 그 둘에 해당하지. 차차 알게 될 거야. 당신이 알고 싶지 않다 해도 말이야."

긴 머리의 사내가 희미한 미소를 머금고는 염부심에게 아리송한 말을 던졌다.

그 시각.
적여립은 수련에 열중인 동생 적령을 찾았다.
"오셨어요, 형님."
적령이 가쁜 숨을 고르며 적여립을 반겼다.
"열심이구나."
"후훗! 금이 간 자존심을 되돌리려면 더 열심히 움직여야죠."
적령의 입가에 보기 좋은 미소가 매달렸다.
하지만 그의 마음은 윤에 대한 앙심으로 똘똘 뭉쳐 있었다.
부상이 완쾌되기 전부터 수련에 박차를 가한 이유 모두가 윤을 향한 복수심 때문이었다.
적여립이 그 마음을 모를 리 없었다.
"평정심이 무너진 수련은 독이 될 수도 있는 법이다."
"아니요. 오히려 제겐 약이 된 걸요. 형님, 너무 걱정하지 마세요. 결코 독이 될 일은 없을 테니까요."
"그렇다면 다행이다만……."
자신감에 찬 적령의 음성에 적여립이 고개를 가볍게 끄덕였다.
하지만 그의 내심은 여전히 동생에 대한 걱정이 가득했다.
"내일 천령들의 출관식이 있을 것이다."

"그렇게나 빨리요?"

놀란 듯 적령이 놀라 물었다.

"선별에 선별을 거쳐 모은 인재들이다. 어찌 보면 당연한 결과라 할 수 있다."

"으음, 그렇군요."

적령의 표정이 갑자기 시무룩해졌다.

앞으로 자신의 경쟁자가 될 인물들의 능력이 뛰어나다는 말에 괜히 위축이 되었던 까닭이다.

"불안한 것이냐?"

"불안하다니요. 그래봐야 사제들인데요, 뭘."

"그들에 대한 천주의 관심이 무척 크시다. 더욱 분발해야 할 것이다."

"네, 명심할게요. 근데요. 형님, 염가의 자식도 모든 수련을 통과한 건가요?"

"그렇다."

"다 죽어가는 몰골이라더니, 과장된 소문이었나 보네요."

"아니, 제대로 된 소문이었다. 다만 그에 대한 진실을 모르고 있을 뿐이다."

"그것이 무슨 말이에요? 그에 대한 진실이라니요?"

"차차 알게 될 것이다."

"네……. 근데 형님은 정말 음서서의 약속을 믿는 것인가요? 혹 그녀가 배신을 할 수도 있잖아요."

"그럴 수도 있겠지. 아니, 음서서라면 애초부터 그럴 마음이 었을 게다. 하지만 그녀는 결코 우리를 배신할 수 없을 것이다."

"어째서죠?"

"자신의 생명보다 염부심을 더 소중히 여기기 때문이다. 염부심이 역천대법과 천외천의 무공을 익혔다는 사실만으로도 철혈무가와 백도련은 이미 우리 수중에 떨어진 것과 같다."

적여립이 확신에 찬 음성으로 말했다.

음서서가 아무리 영악하다 하나 이번 거래의 승자는 분명 적여립이었고, 그 이유는 바로 염부심이었던 것이다.

    *   *   *

백도련 회합 준비로 철혈무가 전체가 마치 잔치라도 벌어진 양 들썩였다.

중전은 중전대로 외전은 외전대로, 그들에게 주어진 임무를 완수하기 위해 모두가 정신이 없었다.

하지만 바쁜 그들과 달리 월하정의 윤은 무척이나 한가로웠다.

마치 철혈무가와는 전혀 상관이 없는 사람처럼 그렇게 말이다.

백암산 중턱.

매번 일출을 보러 백암산을 올랐지만, 철혈무가로 돌아온 이후 지금껏 단 한 번도 떠오르는 태양을 보지 못한 윤이었다.

오늘은 어떨까.

윤이 조용히 주위를 둘러보았다.

모든 모습이 예전 그대로였지만, 윤이 느끼는 감정은 완전 다른 것이었다.

단 하나의 이유만으로.

용사량이 그의 옆에 없다는 사실이 그의 마음을 공허하게 만들었다.

'모든 것을 알고 계셨으면서 왜 아무런 말도 하지 않으셨나요. 저만큼이나 힘드셨을 것 아니에요.'

철혈무가의 전경을 훤히 내려다보며 윤이 속으로 중얼거렸다.

'곧 구해드리러 가겠습니다, 할아버지. 힘드시겠지만 조금만 참고 기다려 주세요.'

윤이 주먹을 꽉 말아 쥐며 내심 다짐했다.

그리고 그 순간 그의 두 눈가로 싸늘한 붉은 기운이 감돌았다.

그의 몸속에 깊이 묻혀 있던 봉인이 깨진 후 살성의 본능이 자각을 일으키며 나타나는 현상이었다.

그 현상이 요즘 들어 자주 일어났다.

특히 홀로 상념에 빠질 때면 유독 그 횟수가 많아졌다.

그 변화를 윤 또한 감지하고 있었다.

하지만 윤은 그것이 자신이 타고난 살성의 기운 때문이란 사실은 전혀 모르고 있었다.

"으음……."

윤이 진탕된 마음을 진정시키려 가볍게 한숨을 내쉬었다.

그러자 온몸을 빠르게 휘돌던 기운이 조금씩 잠잠해졌다.

지금껏 내공심법이라고는 단 한 번도 익힌 적이 없는데, 윤의 몸속엔 내력이 충만했다.

이전에 느낄 수 없었던 힘이다.

의당 힘이 생기면 좋은 것이지만, 윤은 오히려 그 힘이 늘 불안하고 두려웠다.

"……."

윤이 고개를 절레절레 흔들며 이내 상념을 떨쳐내었다.

윤이 내심 중얼거리며 고개를 절레절레 흔들었다.

그리곤 해도 뜨지 않은 새벽녘의 허공을 잠시 쳐다보다 미련 없이 신형을 돌려 세웠다.

윤이 백암산의 초입에 이르러서야 여명이 조금씩 밝아왔다.

그런 그가 보통 걸음으로 철혈무가로 향했다.

그렇게 얼마나 걸었을까.

윤이 걷는 길목 십여 장 거리 앞에 낯선 인물이 팔짱을 낀 채 윤을 물끄러미 바라보고 있었다.

마치 윤이 오기만을 기다리고 있던 것처럼.

"헤……."

낯선 자를 바라보며 걷는 윤의 입이 헤벌쭉 벌어졌다.

그렇게 두 사람의 거리가 삼사 장여로 좁혀졌다.

"네놈이 철혈무가의 유일무이한 바보 놈이더냐? 처웃는 모습을 보니 네놈이 딱 그놈이구나."

갓 오십을 넘은 듯 보이는 반백의 사내가 뒷짐을 진 채 윤을 노려보며 입을 열었다.

그 눈매가 뱀눈처럼 매섭게 빛났다.

키는 윤과 비슷했지만, 몸뚱이는 해골을 보듯 상당히 마른 사내였다.

그래서인지 그 인상이 더욱 날카롭게 느껴졌다.

"헤헤……."

윤이 아무런 대꾸 없이 싱글벙글 웃음 지었다.

"네놈이 용노야의 구천류를 익혔다 하던데, 그것이 사실이더냐?"

"구, 구천류? 나, 나 그런 거 모르는데."

"으음."

사내가 가볍게 한숨을 내쉬며 윤의 두 눈을 더욱 매섭게 쏘아봤다.

마치 윤의 속마음까지 꿰뚫으려는 기세처럼 보였다.

"어수룩한 바보 놈이라 들었는데 이놈, 눈빛이 살아 있구나. 결코 바보 놈 따위가 가질 눈빛이 아닌데 말이다."

"누, 눈빛? 그, 그게 어떻게 사, 살아?"

"끌끌끌!"

윤이 머리를 긁적이자 사내가 비릿한 웃음을 흘렸.

'감히 바보 놈이 익힐 수 있는 구천류가 아니거늘! 내 직접 알아보면 될 터!'

사내가 마른 입술을 혓바닥으로 축이며 윤의 전신 곳곳을 쓸어봤다.

그리고 어느 순간,

팟!

사내가 아무런 예비 동작도 없이 그대로 윤을 향해 뛰어올랐다.

그런 그의 우수엔 어느새 뽑아 든 서슬 퍼런 진검이 위험스런 모습을 뽐내고 있었다.

"이놈! 이것 한번 받아보아라!"

눈 깜짝할 새 윤의 면전에 당도한 사내가 회심의 미소를 지으며 매끈한 검신을 휘둘렀다.

그 몸놀림 하나만 봐도 중원에서 흔히 볼 수 있는 고수가 아님을 알 수 있었다.

하지만 사내가 상대하려는 자는 무진강의 무상류와 용사량의 구천류를 익힌 천문의 후예로 선택받은 윤이었다.

스스슥—

윤의 신형이 미끄러지듯 부드럽게 뒤로 밀렸다.

누구인지도 모르는 상대가 무작정 공격을 퍼부으니 일단 상황을 지켜보기 위해서였다.

'지금 뭐 하자는 속셈이지?'

윤이 내심 의문을 제기했다.

하지만 상대의 연속적인 공격이 실로 매서워 상념을 이어갈 수가 없었다.

타탓!

미꾸라지처럼 이리저리 몸을 피하는 윤.

상대의 공격을 교묘하게 흘리는 그 몸놀림이 귀신처럼 빨랐다.

그것이 사내의 심기를 건드렸다.

아무리 가벼운 공격이라지만, 윤이 너무도 쉽게 자신의 공격을 피하니 은근히 화가 치밀었다.

'요놈 봐라? 제법이구나.'

"이놈! 이것도 피하나 보자!"

사내가 일갈을 내지르며 시퍼렇게 날이 선 검을 횡으로 그었다.

지금껏 결과로만 본다면 윤이 충분히 피할 수 있는 속도의 평범한 공격이었다.

그런데 공격을 받은 윤의 낯빛이 딱딱하게 굳어졌다.

그리고 그 순간 윤이 쾌속이 용혈검을 뽑아 들곤 사내의 공격을 직각으로 막아갔다.

까강—

고성이 울려 퍼짐과 동시에 여명이 떠오르는 새벽녘 허공에 불꽃이 튀었다.

파팍—

단 한 번의 부딪침.

순간 사내가 신형을 뒤로 삼 보 물렸다.

그런 그가 윤의 두 눈을 무섭게 째려봤다.

전력을 아니지만 이번만큼은 신경을 써서 펼친 공격이었다.

어지간한 고수도 진땀을 흘릴 만한 공격이건만, 윤이 너무도 쉽게 자신의 공격을 막아버리자 사내는 황당한 마음까지 들었다.

"……."

그저 가볍게 윤의 무위를 확인하려는 의도였는데.

'정말 소문이 사실이었단 말인가? 우연일 수는 없다. 감히 우연으로 막을 수 있는 공격이 아니었다.'

"용혈검까지 뽑아 들었는데 이제 본격적으로 한번 놀아보자꾸나. 어떠하냐?"

"히히……."

사내의 진한 미소를 바라보며 윤이 멍청한 웃음을 흘렸다.

일 합, 이 합, 그리고 이제는 수십 합.

사내는 여전히 본신의 힘을 드러내지 않았다.

그러고도 충분히 용노야의 구천류를 윤이 꺼내 들게 만들 수 있다 자신했다.

그런데 모든 것이 오판이었다.

사내가 전력을 다하지 않는 것처럼 윤 또한 자신의 전력을 숨긴 채 사내를 상대하고 있었다.

그것도 오합지검만으로.

처음엔 윤이 펼치는 검술이 무엇인가 무척 아리송했다.

그 동작이 너무도 빠르고 정교해 어떤 무학일까 고민에 고민을 거듭했다.

그런데 십여 합이 막 넘어갈 즈음, 사내는 윤이 펼치는 검식이 무엇인지 명확하게 알 수 있었다.

그리고 윤이 펼치는 검식이 오합지검이란 사실에 사내의 얼굴이 붉게 물들었다.

당연히 자존심이 상했기 때문이다.

그런데 사내의 기분을 더욱 망치게 만든 것은 윤이 생판 처음

보는 무림의 까마득한 후배이자 바보라는 사실이었다.

'모양새는 빠지지만, 어쩔 수가 없지. 정말 구천류인지 확인은 해야 하니.'

"이제부터는 정말 정신 바짝 차려야 할 것이다."

지금껏 농조로 던진 말이 아닌 진심이 섞인 경고였다.

"아, 알았다. 헤헤!"

윤이 헤벌쭉 웃음을 지으며 더듬더듬 대꾸했다.

그 모습에 사내가 일순 공격을 망설였다.

하지만 이내 고개를 세차게 젓고는 그가 움직였다.

까아앙!

긴 금속성이 연이어 터지며 불꽃이 일었다.

벌써 헤아릴 수도 없이 많은 공수 교환이 이루어졌다.

윤은 연신 뒤로 밀렸고, 그런 그를 사내는 거칠게 몰아붙였다.

하지만 그럼에도 불구하고 사내의 자존심은 또다시 무너질 판이었다.

윤이 구천류는 고사하고, 여전히 오합지검만으로 사내를 상대하고 있었다.

사내로서는 정말 미치고 팔짝 뛸 노릇이었다.

'괴물이 따로 없군. 정말 인정을 할 수밖에 없는 놈이군. 저 어린놈이 어찌 오합지검만으로 나를 상대할 수 있단 말인가! 내 실력이 녹슨 것인가? 이거야 원, 알다가도 모를 일이구나.'

사내 또한 윤처럼 여전히 자신의 독문 무공을 사용하지 않고 있었다.

그렇다 해도 이건 아니다 싶었다.

그러던 어느 순간이었다.

사내의 표정에 결연한 의지가 떠올랐다.

날이 더 밝는다면 더 싸우고 싶어도 그럴 수가 없었다.

그렇다면 이제는 정말 몇 합의 공방만으로 윤에게서 구천류를 끌어내야 했다.

그렇게 하려면 자존심은 상하지만 어쩔 수 없이 사내는 자신의 독문 절기를 사용해야 했다.

쾌애애액—

천년 고목을 쪼개는 섬전처럼 사내의 검이 여명을 가르며 윤의 가슴팍을 노리고 짓쳐들었다.

그 속도와 위력, 지금까지의 공격과 천양지차였다.

거기에 더해 그 변화가 더없이 오묘하고 섬세했다.

순간 윤이 당혹스런 표정을 지으며 고민했다.

저 검을 오합지검으로 감히 맞받아칠 용기가 나질 않았기 때문이다.

그렇다고 누구인지도 모를 처음 보는 상대에게 구천류를 펼치자니 그 또한 꺼림칙했다.

하지만 고민은 짧았다.

지이잉—

윤이 고민을 떨쳐 낸 찰나, 용혈검이 서늘한 울음을 토해냈다.

그리고,

콰아아아—

용혈검에서 뿜어진 노도와 같은 힘이 사내를 향해 폭사됐다.

순간 사내의 미간이 잔뜩 좁혀졌다.

윤의 갑작스런 돌변에 사내의 머릿속이 혼란스러워졌기 때문이다.

그의 머릿속이 헝클어진 것은 용혈검의 위력 때문만은 아니었다.

사내가 당황한 진정한 이유는 지금 이 순간 윤이 피워내는 진한 살기 때문이었다.

'엄청난 살기로다!'

윤의 쏘아낸 서릿발 같은 살기에 내심 크게 놀란 사내가 공격하던 동작을 멈추고는 다급한 몸놀림으로 뒤로 급급히 물러났.

이대로 공격을 가한다면 정말이지, 둘 중 하나는 크게 다칠 것만 같았기 때문이다.

물론 사내는 자신이 다칠 것이라고는 결코 생각하지 않았다.

"헤헤······."

뒤로 훌쩍 물러난 사내를 바라보며 윤이 밝은 웃음을 지었다.

방금 전까지만 해도 악귀 나찰을 보듯 그 모습이 섬뜩하기까지 했는데.

사내가 미소 짓는 윤을 보곤 고개를 절레절레 흔들었다.

'분명 구천류였다. 정말 저 바보가 용노야의 구천류를 익혔단 말인가.'

"흐음."

사내의 입에서 가느다란 한숨이 새어 나왔다.

그렇게 잠시의 시간이 흐르고.

"이 노부는 이시백이란 사람이다."

"이, 이시백? 나, 나는 유, 윤이다. 헤헤."

윤이 헤헤거리며 더듬더듬 자신을 소개했다.

윤의 전신에서 쏘아지던 진한 살기는 이미 거짓말처럼 사라진 후였다.

"조만간 다시 보게 될 것이다. 그때 다시 보자꾸나."

윤을 대하는 사내의 태도가 처음과 달리 사뭇 진지했다.

결코 바보를 대하는 모습이 아니었다.

"어어."

윤이 짧게 대꾸했다.

그런 윤을 가만히 바라보던 사내가 잠깐 망설이다 진한 걱정이 담긴 음성으로 입을 열었다.

"용혈검은 살기를 머금은 신물이다. 그런 용혈검이 오히려 온순하다 느껴진 것은 네가 가진 살성이 그를 능가한다는 의미. 네가 구천류를 펼쳤다 하나, 그 살기가 너무 짙어 걱정이구나. 모든 것은 마음에서 나오는 법. 어렵다 느껴지거늘, 처음으로 다시 돌아가 그 마음을 느껴보거라."

말을 마친 사내가 미련없이 신형을 돌려세워 걸음을 옮겼다.

"마음……."

멀어져 가는 사내를 바라보며 윤이 홀로 중얼거렸다.

그런 그의 심장은 겉모습과 달리 크게 들썩이고 있었다.

* * *

세상이 기지개를 펴는 시각.
이시백이 깊은 생각에 잠긴 표정으로 터벅터벅 걸음을 옮겼다.
그렇게 얼마나 걸었을까.
"……."
이시백은 우두커니 선 채 자신을 막아선 한 사내를 무심한 눈길로 바라봤다.
이시백을 막아선 자는 건유운이었다.
"왜 가는 길을 막고 있는 게냐? 길을 열거라."
이시백이 길목 정중앙을 떡하니 막고 선 건유운에게 물었다.
"막을 이유가 있어서입니다."
건유운이 냉담한 음성으로 대놓고 대답했다.
"흥! 이놈들이 이제는 나를 아주 장난감으로 취급하는구나."
이시백이 눈썹으로 역팔 자를 그리며 잔뜩 인상을 썼다.
"시비를 건 이유가 무엇입니까?"
건유운에게 있어 상대의 기분보다는 그 이유가 먼저였다.
"시비? 웬 자다가 봉창을 두드리는 소리더냐? 내 네놈에게 언제 시비를 걸었다고 그러느냐? 설마 저놈에게 건 시비를 묻는 것이냐?"
이시백이 윤과 대결을 벌였던 장소를 고갯짓으로 가리키며 물었다.
"그렇습니다."
"너는 그저 나를 이곳으로 안내를 해주러 온 것뿐이니 내 저놈에게 시비를 걸든 말든 네놈이 상관할 바가 아니질 않느냐. 저 바보 놈과 나의 일이거늘."

"상관을 하고 싶습니다만……."

"저 망할 놈이 감히 누구에게. 용납하지 않겠다면 어쩔 것이냐?"

이시백이 사뭇 엄한 표정으로 물었다.

"고민을 해봐야겠지요."

건유운이 담담한 음성으로 대답했다.

'이놈 봐라? 아주 맹랑한 놈이구나.'

이시백이 콧방귀를 뀌며 내심 중얼거렸다.

"그 고민이라 함은 피를 볼 수도 있다는 말이렷다? 이 노부를 상대로 말이다."

겉모습은 오십 줄로 보이지만, 이시백의 나이 일흔을 바라보는 터였다.

"원하신다면 그럴 수도 있겠지요."

건유운의 음성은 더없이 진지했다.

이시백은 그것이 의문이었다.

'어찌 고금 천지에 없을 저런 얼굴에서 저런 싹수없는 말투가 튀어나온단 말인가.'

이시백이 자신도 모르게 고개를 절레절레 흔들었다.

그리곤 푸념 섞인 음성으로 대답했다.

"그 또한 내가 용납하지 않겠다면 어쩔 것이냐, 이놈아?"

"대화의 의미는 사라지는 것이겠지요."

건유운은 이시백의 말이 떨어지기가 무섭게 눈빛을 반짝 빛냈다.

그 모습에 이시백이 황당한 마음을 주체하지 못하고 혀를 찼다.

"아주 건방진 놈이로구나, 감히 내가 누군 줄 알고."
"이시백 선배가 아니십니까."
"아하! 그렇다면 나를 알고 있으면서도 내 앞길을 막았단 말이냐. 대체 네놈의 정체가 무엇이기에 이런 건방이란 말이냐?"
"후배, 월하정 호위무사 건유운이라 합니다."
"그걸 내가 지금 몰라서 묻느냐, 이놈아!"
"제 정체를 물으셨기에 대답을 드린 것뿐입니다."
"허허! 갈수록 가관이로다."
할 말을 잃었는지 이시백이 헛웃음을 터뜨렸다.
"대답을 해주시겠습니까? 왜 시비를 걸었는지요?"
"저 바보 놈과 검을 섞은 것을 두고 하는 말이냐?"
"그렇습니다."
"대답하기 전에 하나만 물어보자. 저 바보 놈도 월하정의 호위무사라 들었는데, 혹 동료애 때문에 내 길을 막은 것이더냐, 아니면 내가 모르는 또 다른 이유가 있어 그런 것이냐?"
"우선은 동료애라고 해두지요."
"허허! 이거야 원."
이시백이 기가 막혔는지 또다시 헛웃음을 토해냈다.
그러기를 잠깐, 이시백이 건유운의 담담한 눈빛을 응시하며 입을 열었다.
"확인할 것이 있어 저 아이와 잠깐 검을 섞은 것이니라. 이제 되었느냐?"
"무엇을 확인하고자 하셨습니까?"
건유운이 취조를 하듯 따져 물었다.

강호의 배분을 따진다면 건유운의 행동은 분명 도가 지나쳤다.
아니, 선배에 대한 커다란 불경이라 할 수 있었다.
그래서일까.
지금껏 참고 참았던 이시백이 결국 노성을 터뜨렸다.
"네 이놈! 이놈이 정말 보자 하니까 뵈는 게 없는가 보구나! 한번 혼찌검이 나봐야 정신을 차릴 테냐!"
"후배의 무례를 용서하십시오. 하지만 그 이유를 꼭 들어야 길을 열어드릴 수 있습니다."
'대체 내가 지금 무엇을 하고 있는 것이란 말이더냐. 까마득히 어린 후배에게 심문을 당하질 않나. 시백아, 시백아! 네 어찌 이리 망가졌단 말이냐?'
이시백의 가슴에서 노기가 부글부글 끓었다.
하지만 까마득한 후배를 상대로 검을 섞을 수도 없는 노릇.
잠시 고민하던 이시백이 이내 체념 어린 표정으로 입을 열었다.
"오냐, 이놈아! 내 졌다, 졌어. 저 아이에게 무엇을 확인했는지 궁금하다 했더냐?"
이시백이 석상처럼 서 있는 건유운을 지그시 노려보며 재차 확인하듯 물었다.
"그렇습니다."
건유운이 가볍게 예를 취하며 대답했다.
"사량 형님의 구천류를 확인했느니라. 소문에 떠도는 말이 사실인지 그것이 너무도 궁금해 저 아이와 검을 섞은 것이다. 왜, 내가 죄라도 지은 것이냐?"
"그런 건 아니옵고……."

이시백이 따지듯 묻자 건유운이 난처했는지 말끝을 흐렸다.

"이제 된 것이냐? 네놈의 속이 시원하냔 말이다. 내가 지금 뭔 짓을 하고 있는 것이란 말인가. 이것 참, 망신이로다. 정말 망신이 따로 없구나. 쯧쯧!"

말을 마친 이시백이 뒷짐을 진 채 환히 밝아온 허공을 응시했다.

"후배의 무례를 용서하십시오."

"되었다, 이놈아! 아까는 당장에라도 쳐 죽일 것처럼 두 눈을 부라리더니. 뭐라? 무례를 용서하라고? 되었으니 당장 길이나 열거라. 건방진 놈 같으니."

이시백이 역정 가득한 표정으로 걸음을 옮겼다.

그러자 건유운이 그를 향해 허리를 공손히 숙이곤 길을 열어 주었다.

"건유운이라 했더냐?"

"그렇습니다."

건유운을 스쳐 지나던 이시백이 걸음을 잠깐 멈추고 물었다.

"너 이놈! 이 노부가 끝까지 말을 안 했으면 정말 피를 볼 참이었느냐?"

"제 어찌 감히 섬서일검 선배님과 검을 섞을 수나 있겠습니까. 그저 대답해 주실 것 같아 투정을 피운 것뿐입니다."

"요놈 봐라? 이놈이 아주 이 노부를 가지고 놀려 드는구나. 어쨌든 내 건방진 네놈의 이름만큼은 꼭 기억해 두겠노라. 끌끌끌."

"제가 모시겠습니다."

건유운이 한 발을 내디디며 공손하게 말을 했다.

"되었다, 이놈아! 내 또 무슨 봉변을 당할 줄 알고 네놈에게 길을 맡긴단 말이냐. 시건방진 놈 같으니. 보기 싫으니 썩 꺼져라, 이놈아."

이시백이 버럭 역정을 냈다.

하지만 이내 걸음을 옮기는 이시백의 입가에 나쁘지 않은 웃음이 매달렸다.

'유화의 주위가 늘 걱정이었는데 이런 걸쭉한 놈들이 곁을 지켜준다니 이제야 그나마 마음이 놓이는구나. 껄껄껄!'

웬만한 손님이 와도 결코 열리는 법이 없는 철혈무가 귀객당의 문이 활짝 열렸다.

어젯밤, 섬서성에서 귀빈 한 명이 철혈무가를 찾아온 까닭이다.

"새벽바람이 찬데 어디를 그리 다녀오신 것입니까?"

하 총관이 귀객당으로 들어서는 이시백에게 깊은 예를 취하며 물었다.

염화탁의 엄명이 아니더라도 이시백은 하 총관이 감히 어찌할 수 있는 존재가 아니었던 까닭이다.

이시백은 섬서성에 자리한 정검문의 전대 문주였다.

섬서성에 검으로 일어선 유명한 문파가 하나 있으니, 그 문파가 바로 정검문이었다.

배분으로만 따진다면 염화탁조차도 이시백에게 고개를 조아릴 판일진대, 이시백과 말을 섞는다는 것만으로도 하 총관에게는 영광이라 할 수 있었다.

"월하정에 잠깐 들렀느니라. 왜, 그런 것도 네놈에게 일일이

보고를 하고 다녀야 하는 게냐?"

이시백의 표정과 음성이 꽤나 쌀쌀했다.

통상 나이가 들면 그 성정이 유해지거늘, 이시백은 오히려 그 성격이 점점 괴팍해져만 갔다.

"그, 그런 의미가 아니옵고⋯⋯. 소인은 그저 가주께서 조반을 같이하시자 하시어 이렇게 뫼시러 왔습니다."

하 총관이 기겁하여 고개를 연신 조아렸다.

"입맛이 별로인데, 그리고 이미 유화와 조반을 같이하기로 약속을 한 터라⋯⋯. 가만 있자, 이 일을 어찌하면 좋을꼬. 염 가주께서 무척 서운해할 터인데."

이시백이 고민스런 음성으로 중얼거렸다.

"가주께 그리 고하겠습니다."

"아니다. 그럴 필요없다. 나를 위해 일부러 차린 조반일 터이니 거절을 한다면 그도 예의는 아닐 터. 가자꾸나."

"그럼 소인이 뫼시겠습니다."

第二章 건유운, 천살성의 비밀을 밝히다

수호무사

향긋한 향기를 풍기며 무유화가 조심스러운 발걸음으로 윤이 머무는 거처의 문을 넘었다.

"출출할까 봐 다과 좀 가져왔어. 왜 자꾸 식사를 거르는 거야. 다들 걱정하잖아."

무유화가 타박하듯 말을 하곤 차려온 다과를 탁자 위에 살포시 내려놨다.

사실 윤을 향한 무유화의 걱정도 컸다.

요즘 들어 부쩍 생각이 많아진 윤이었다.

항상 미소를 잃지 않던 그인데 표정에 어두운 그림자가 가득했다.

식사를 거르는 일도 다반사였고, 말수도 부쩍 줄어 무유화는 윤의 고민이 무척 큼을 절로 느낄 수 있었다.

"이시백이란 사람을 만났어."

"다행히 길이 어긋나지 않았구나. 숙부께서 한번 만나보고 싶다 해서 건 무사님께 안내를 부탁했는데."

"숙부? 아는 사람이야?"

"그럼. 아버지, 할아버지와 호형호제하는 사이셨는걸. 섬서성 정검문의 전대 문주셔. 근데 숙부와 만나서 무슨 말을 나눈 거야?"

무유화가 궁금한 듯 물었다.

"그냥. 별말 없었어."

"하도 궁금해하시기에……. 혹 불편했던 건 아니야?"

"아니, 불편하긴. 편하신 분이던데, 뭘. 그나저나 백도련 회합 때문에 오신 건가?"

"응."

무유화가 고개를 살짝 끄덕이곤 짧게 대답했다.

"맛있다."

윤이 다과 하나를 덥석 베어 물곤 함박웃음을 지었다.

하지만 무유화의 시선엔 그 웃음이 깊은 고민처럼 느껴졌다.

"많이 좋아했잖아."

바보 시절 윤이 유독 좋아했던 다과다.

특히 무유화가 챙겨주는 다과를 그는 좋아했다.

그때는 그저 그런 줄 알았는데 지금에 와서 생각해 보니 무유화는 윤이 정말 다과를 좋아하는 것일까 문득 의문이 들었다.

"근데 정말 맛있어?"

"어."

게 눈 감추듯 다과를 집어삼킨 윤이 또 다른 다과를 우적우적 씹으며 대답했다.

그 모습이 예전의 바보 윤과 무척 닮아 보였다.

"뭘 그리 뚫어지게 봐?"

"어? 아, 아니, 그냥……."

무유화가 당황스런 표정을 말을 더듬었다.

그렇게 잠시 어색한 침묵이 흘렀다.

"너무 걱정하지 마."

"뭘?"

"네 고민을 모두 이해할 순 없지만, 그래도 어느 정돈 느낄 수 있어."

무유화가 윤의 시선을 은근슬쩍 피하며 말했다.

'모두 다 잘될 거야. 그렇게 될 거라고 믿어보자. 지금까지 잘 참아왔으니까 꼭 그렇게 될 거라고 믿자, 우리.'

무유화의 가슴속으로 잔잔한 메아리가 울려 퍼졌다.

"스스로는 아무것도 할 수 없는 나 때문에 모두들 이렇게 힘든데, 나만 편히 지내는 것 같아 가끔은 너무 속상해. 그래도 꿋꿋이 웃으려고. 나 그래도 되는 거지? 헤헤."

"후후……."

무유화가 해맑은 웃음을 입가에 매달자, 윤이 희미한 미소를 지었다.

'넌 웃을 때가 가장 예뻐. 그러니 항상 웃어. 네가 웃을 수만 있다면 난 그것으로 행복하니까.'

윤은 알고 있었다.

매순간 무능함과 죄책감에 시달리는 그녀의 마음을, 그리고 지금 이 순간 가장 힘든 사람은 다른 누구도 아닌 무유화라는 사실을.

"아가씨!"

그때 거처 밖에서 소은의 음성이 들렸다.

"무슨 일이지?"

"들어오라고 해."

무유화가 고개를 갸웃거리자, 윤이 문을 향해 고갯짓을 하며 말했다.

그렇게 윤의 거처로 들어온 소은이 무유화의 곁으로 다가와 자그마한 소리로 말했다.

"중전의 호위대장이 찾아왔습니다. 우선 별채에 모셨는데 어찌할까요?"

"호위대장이? 무슨 일로……."

훈풍이 불던 무유화의 얼굴이 이내 딱딱하게 굳어졌다.

"곧 갈 테니 기다리라 하거라."

"예, 아가씨."

소은이 가볍게 고개를 숙이곤 곧 내실을 벗어났다.

그녀가 나간 후, 윤이 입을 열었다.

"같이 가줄까?"

"아니, 괜찮아. 나 더 이상 약하지 않아. 그나저나 이따 들를 거지?"

"응. 어서 가봐."

"응."

무유화가 짧게 대꾸하곤 이내 자리를 털고 일어섰다.

그렇게 내실을 벗어나는 무유화의 뒷모습을 윤이 걱정스런 표정으로 바라봤다.

* * *

무유화가 거처로 돌아가기가 무섭게 건유운이 윤을 찾았다.

언제부터인가 둘 사이의 분위기가 사뭇 무거웠다.

먼저 입을 연 사람은 오늘도 역시 은영사주 건유운이었다.

"괜찮으십니까?"

"예."

건유운이 이시백과 나눈 대결을 두고 묻자 윤이 짧게 대답했다.

"이시백이란 사람은 전대 영주와 용혈검과는 아주 긴밀한 관계에 있는 인물이었습니다. 염화탁이 그랬던 것처럼 호형호제했던 사이지요. 하지만 현재는 아무도 믿을 수가 없는 상황이 되어버렸습니다. 가급적이면 당분간은 그와 만남을 피하시는 것이 나을 것 같습니다."

"걱정 마십시오. 그쯤은 저도 인지를 하고 있으니······."

"죄송합니다, 영주."

건유운이 주제넘은 소리를 한 것 같아 윤에게 용서를 구했다.

"죄송하긴요. 여전히 걱정만 끼치는 못난 영주 때문인 것을······. 죄송하다면 제가 더 죄송하지요."

윤이 뼈가 있는 음성을 토해냈다.

그런 그의 음성에 건유운의 고개가 더욱 깊숙이 숙여졌다.
그렇게 잠깐의 침묵이 흐르고.
"하나만 약속해 주십시오."
조용히 고개를 든 건유운이 윤의 두 눈을 가만히 직시하며 입을 열었다.
"뜬금없이 무슨 약속을 해달라는 겁니까?"
"많이는 아니지만, 제가 아는 모든 것을 영주께 말씀드리겠습니다. 대신 속하와 한 가지만 약속해 주십시오."
건유운의 제안에 윤의 표정이 잔뜩 일그러졌다.
사소한 것 하나조차 대답 않던 사람이 갑자기 모든 것을 말해준다 하니 솔직히 윤으로서는 황당하기까지 했던 것이다.
하지만 이내 평정심을 되찾은 윤이 말했다.
"갑자기 왜 마음이 변한 겁니까?"
"변한 것은 없습니다. 영주를 처음 뵌 그 순간부터 고민을 한 일입니다. 그리고 지금에서야 그 고민을 떨쳐 낸 것뿐입니다. 영주의 말씀이 맞습니다. 내심 아니라고 매번 외쳤지만 제 스스로가 영주를 불신했던 것이 사실입니다. 삼악도를 이겨낸 은영들에게 있어 영주를 불신하는 것은 천문을 부정하는 일과 하등 다를 바가 없음에도 지금껏 영주의 존재를 부정했던 것입니다. 용서하십시오, 영주께서 당장 속하의 목을 베신다 하여도 기꺼운 마음으로 영주의 처분을 받겠습니다."
정말 목이라도 내놓을 것처럼 건유운이 비장한 음성으로 말했다.
그 표정에 그의 진심이 진하게 묻어 있었다.

그래서일까.

건유운의 행동에 윤은 괜히 미안한 마음이 들었다.

분명 말 못할 그 속사정이 있을 텐데, 어린아이처럼 그에게 계속 투정을 부린 것 같아 마음이 편치 않았다.

"그렇게 말씀하시니 오히려 제가 죄송하군요."

윤이 어렵게 입을 열었다.

"죄송하다니, 말씀을 거두어주십시오."

"아닙니다. 아직 많이 부족한 저이기에 사리 분별이 서툰 것이 사실이지 않습니까."

"여, 영주……."

건유운이 못 들을 말을 들었다는 양 고개를 깊이 조아렸다.

그런 그에게 윤이 물었다.

"말씀해 주세요. 그 약속이라는 것이 무엇인지."

"영주……."

건유운이 윤의 두 눈을 지그시 바라봤다.

막상 말을 열려니 건유운 또한 힘이 들었기 때문이다.

"……."

윤은 건유운을 재촉하지 않았다.

그저 시간을 두고 그가 다시 입을 열 때까지 잠자코 기다릴 뿐이었다.

"영주의 몸속엔 천살성의 기운이 흐르고 있습니다."

건유운이 한 가닥 남은 고민마저 깨끗이 떨쳐 내곤 마침내 말을 했다.

"천살성의 기운요?"

윤이 미간을 살짝 찌푸리며 물었다.

"그렇습니다. 본디 인간이라면 그 누구나가 살성을 가지고 태어나게 마련입니다. 살아온 환경에 따라 살성이 커진 사람도 있고 그렇지 않은 자들도 있는 법입니다. 그 모두가 자연스러운 일이라 할 수 있습니다. 하지만 천살성을 가지고 태어난 경우는 다릅니다."

"무엇이 다르다는 겁니까?"

무언가 느낀 바가 있는지 윤의 표정이 점점 어두워졌다.

"그것은……."

"괜찮으니 말씀해 주세요."

조금 전까지와는 달리 윤이 건유운을 재촉했다.

"타고난 천살성의 힘을 제어하지 못할 시에는… 이성조차 가질 수 없는 한 마리의 살인귀로 전락하게 됩니다."

'이성조차 가질 수 없는 살인귀?'

윤이 건유운의 말을 곱씹으며 내심 중얼거렸다.

"그렇다면 제 몸속에서 일어나는 변화를 이미 알고 있었단 말이겠군요?"

"그렇습니다."

건유운이 낯빛을 굳히며 대답했다.

그런데,

"설마 내 몸속에 흐르는 천살성을 억제하기 위해 전대 영주께서……."

순간 윤의 얼굴이 하얗게 탈색이 되었다.

자신의 몸속에 존재하는 원인 모를 내력이 무진강의 것일지도 모른다는 생각이 문득 들었기 때문이다.

"영주……."

"그런 거였습니까?"

윤이 사뭇 떨리는 음성으로 물었다.

"으음……."

건유운이 깊은 신음성을 내뱉었다.

반드시 지켜야 할 비밀이었건만.

"천살성은 십사 세 이전까지는 그 살기가 내부에 숨겨져 밖으로 결코 드러나지 않습니다. 십사 세가 되는 시점부터 그 기운이 드러나기 시작하는데……."

이왕 이렇게 된 것,

건유운이 다시금 마음을 고쳐 잡고 입을 열었다.

"전대 영주께서 영주를 찾아가신 날이 바로 영주께서 십사 세가 되는 해였습니다."

"어떻게? 어떻게 제가 천살성이란 것을 알 수 있었던 겁니까? 방금 전, 십사 세 이전까지는 결코 그 기운이 밖으로 드러나지 않는다 하질 않았습니까?"

윤이 건유운의 두 눈을 똑바로 쳐다보며 물었다.

"그건 천문이 바로 영주를 선택했기 때문입니다."

"그게 무슨 말입니까?"

윤이 의구심 가득한 표정으로 다시금 물었다.

"속하 또한 자세한 내막은 모르지만, 영주께서는 이미 천살성의 기운을 가지고 태어나도록 준비가 되어 있던 분이고, 그것이 바로 천문이 영주를 선택한 이유라 들었습니다."

이미 준비된 몸이라니…….

순간 할 말을 잃었는지 윤이 어이없는 실소를 터뜨렸다.

그러던 그가 웃음기를 싹 지우곤 물었다.

"이미 준비된 몸이라……. 그럼 앞으로 저는 어찌 되는 것입니까? 이성조차 가실 수 없는 한 마리의 살인귀가 되는 겁니까, 아니면 또 다른 준비된 몸으로 거듭나는 겁니까?"

"지금 영주의 몸속엔 상반된 두 기운이 휘돌고 있습니다. 그 하나는 아시다시피 천살성의 기운이고, 나머지 하나는 전대 영주께서 영주께 남기신 천문의 비전 내력입니다."

더 이상 감출 것도 없기에 건유운이 곧바로 입을 열었다.

"후후, 그렇군요."

단 한 번도 내공심법을 익힌 적이 없는데, 윤은 이제야 자신의 몸속에 엄청난 힘이 왜 생겼는지 알 수 있었다.

"전대 영주께서는 자신이 쌓아온 천문의 모든 비전 내력을 영주께 남기셨습니다. 하지만 그 힘으로도 영주의 천살성을 억제할 수가 없었기에 자신의 진원진기마저……."

차마 뒷말을 이을 수 없었는지 건유운이 말끝을 흐렸다.

"……."

꽤 오랜 시간 말이 오가지 않았다.

"약속이란 것을 듣고 싶군요."

한참의 침묵을 몰아내며 윤이 말을 했다.

그의 얼굴은 무척 담담했다.

목석을 보듯 아무런 감정도 담기지 않은 표정이었다.

"지금 이 순간 이후로 그 어떤 살생도 금하여 주십시오. 사소한 싸움일지라도 피하시고, 붉은 피를 멀리하십시오. 마음의 평정심을 유지하시고, 전대 영주께서 남기신 천문의 내력을 연공하시는 데 정진하시어 천살성의 기운과 조화를 이루는 데 혼신의 힘을 다해주십시오."

'지금 영주께서는 두 기운이 점점 상반된 극으로 치닫는 형국으로 지극히 위험한 상태입니다.'

차마 이을 수 없는 말이 건유운의 마음을 무겁게 억눌렀다.

"아무것도 할 수 없는, 또다시 바보가 되라는 말처럼 들리는군요."

"영주……."

"아십니까? 바보였던 제가 왜 미친 듯 백암산을 오르고, 검을 휘둘렀는지."

'영주, 속하 왜 그 마음을 모르겠습니까?'

"은영사주께서도 삼악도를 견디신 이유가 있듯 저 또한 뼈를 깎는 고통을 이겨낸 이유가 있습니다. 은영사주께서는 그 이유가 천문이라고 보십니까?"

윤이 건유운을 가만히 바라보며 뜬금없이 물었다.

하지만 건유운은 아무런 대답도 하질 않았다.

윤이 무엇을 말하려는지 충분히 알 수가 있었기 때문이다.

"제가 숨을 쉬는 이유는 오직 하나, 유화 때문입니다. 평생 바보로 살라 하면 그리하겠습니다. 하나 제가 살아갈 이유까지 버리라 하시면 저는 차라리 한 마리의 살인귀가 되겠습니다."

"영주, 속하들이 있는 한 저들이 결코 아가씨를 넘볼 수는 없을 것입니다."

'믿습니다. 그대들이 저를 믿듯 저 또한 당신들을 믿고 있습니다.'

윤의 진심이 그의 마음을 잔잔히 울렸다.

그렇게 또 침묵이 흘렀다.

* * *

무유화의 거처 주변을 어슬렁거리는 가오성.

중전에서 심도학이 찾아왔다는 소식을 듣곤 부리나케 달려와 지금껏 무유화와 심도학이 만나고 있는 내실을 기웃거리는 그였다.

령령이 무유화의 곁을 지키고 있기에 다소 안심은 되지만, 그래도 그의 얼굴은 밝지 않았다.

"월하정 호위무사라는 것들이 하루 온종일 중전이나 기웃거리고. 썅! 처잘 때나 월하정에 기어 들어오질 않나. 누가 중전의 개들 아니랄까 봐서."

오늘도 날이 밝기가 무섭게 그 모습을 볼 수 없는 정성도와 필보경을 향해 가오성이 투덜댔다.

"그나저나 저치는 갑자기 월하정엔 왜 온 거야?"

내실에 있을 심도학을 생각하며 가오성이 연신 고개를 갸웃거렸다.

아무리 생각해 봐도 심도학이 월하정을 찾을 이유가 없는데.

"백도련 회합 건 때문인가? 백도련 회합이랑 아가씨랑 무슨 상관이 있다고? 아니지. 아가씨도 분명 관계가 있지. 철혈무가의 유일한 혈손인데. 아암! 그렇지."

"아직도 여기 있는 거예요?"

미친놈처럼 혼자 중얼거리는 가오성 곁으로 소은이 쪼르르 다가와 고개를 갸웃거리며 물었다.

"어? 어……."

갑작스런 소은의 등장에 가오성의 당황하여 말을 더듬었다.

"아가씨가 걱정돼서."

"령령 언니랑 같이 있는데 뭘 그리 걱정이 많아요. 남자가 소심하게……."

"소, 소심이라니? 이 가오성이 얼마나 대범한 남자인데 소심이야, 소심은!"

가오성이 순간 울컥하여 언성을 높였다.

"봐요. 소심하잖아요. 농담 한마디에도 이렇게 버럭 화부터 내시잖아요."

"내, 내가 언제 화를 냈다고 그래? 나 원래 목소리가 큰 남자야. 대범한 남자는 나처럼 다 이래. 몰랐어?"

"모르걸랑요."

소은이 미간을 살짝 찌푸린 채 입술을 삐죽 내밀곤 말을 했다.

가오성은 그 모습조차도 귀여워 죽을 것만 같았다.

"아저씨, 근데요."

"근데? 근데 뭐?"

소은이 대뜸 쌜쭉 미소를 짓자, 가오성이 기대감에 젖은 눈빛으로 대꾸했다.

"적위 오라버니는 지금 뭐 하고 있어요? 오늘 하루 종일 안 보이네."

"저, 적위?"

'소심하게 밥알 하나하나를 헤아리면서 처먹는 그 기생오라비 같은 새끼?'

"그걸 왜 나한테 물어? 직접 찾아보면 될 거 아니냐! 남 바빠 죽겠는데……. 근데 뭔 날씨가 이렇게 푹푹 쪄!"

일순 기분이 꽝 된 가오성이 짜증을 부렸다.

"쳇! 괜히 나한테 짜증이야!"

"내가 언제 짜증을 냈어? 더우니까 그렇지."

"지금 짜증내잖아요? 만날 나한테만 신경질이야. 하긴 령령 언니가 이런 남자를 좋아할 리가 없지. 미치지 않고서야. 쯧쯧. 어! 오라버니다!"

순간 소은이 저 멀리서 걸어오는 노적위를 발견하곤 쏜살처럼 달려갔다.

그 모습에 가오성의 억장이 처참하게 무너져 내렸다.

'에이 씨! 내가 대체 뭐가 모자라? 내가 키가 작아, 아니면 몸이 부실해. 그렇다고 얼굴이… 못생겼지. 그래 얼굴이 못생긴 거야. 제길! 쌍! 쌍!'

가오성이 노적위 옆에 붙어 까르르 웃는 소은을 멍하니 바라보며 내심 피눈물을 쏟았다.

"왜 울상이야?"

노적위가 가오성에게로 다가와 짧게 물었다.

"울상은 누가 울상이야, 인마!"

"왜 말끝마다 욕이에요, 정말!"

소은이 가오성을 잡아먹을 듯 째려보며 말했다.

"너 점심 준비 안 하냐?"

"다 했걸랑요."

"그럼 마당이라도 쓸던가?"

"이렇게 깨끗한데 뭘 쓸어요?"

"하아……."

한마디도 지려 하지 않는 소은의 말대답에 가오성이 고개를 들곤 크게 한숨을 내쉬었다.

"찾으신다."

"누가? 인… 인… 이 나를 찾아?"

인마를 외치려던 가오성이 소은의 표정을 곁눈질로 살피면서 말을 이었다.

노적위가 그런 그에게 별채를 턱짓으로 가리키며 눈짓을 주었다.

그 눈빛의 의미는 윤을 말함이었다.

"날도 더워 죽겠는데 오라 가라야! 지는 발이 없어, 팔이 없어. 잘 지켜! 알았어?"

"후후."

노적위의 입가에 미소가 걸렸다.

"처웃긴……. 하나같이 도움이 되는 놈들이 없어, 하여간."

가오성이 연신 투덜대며 어슬렁어슬렁 걸음을 옮겼다.

그런 그의 등 뒤로 소은의 음성이 들려옴은 당연했고, 가오성의 한숨이 더욱 커짐 또한 당연했다.

"정말 파탄이야, 파탄. 성격 파탄! 안 그래요, 오라버니?"

꽝!
"감히 새파랗게 어린놈의 쉐끼가 이 어른을 오라 가라 불러싸!"

가오성이 신경질적으로 문을 걷어차며 고래고래 소리를 질렀다.

그런 그를 바라보며 윤이 히죽 웃음을 지었다.

"힘은 내가 더 세잖아. 강호는 비정한 약육강식의 세계라며? 나한테 그렇게 말했잖아."

"내, 내가 언제 그랬어, 새꺄?! 아니, 설사 내가 그랬다고 쳐도, 그래도 어른에 대한 기본적 예의는 있어야지, 인마!"

"어른? 언젠 나보고 사형이라며? 사형이 사제를 부른 것이 그렇게 예의에 어긋난 거야?"

"에, 에이, 썅! 왜! 왜 불렀어?!"

할 말을 잃었는지 가오성이 버럭 화를 내며 천장이 떠나갈 듯 소리를 질렀다.

"그냥… 심심해서."
"하아……. 후하아…….."

윤의 한마디에 가오성이 얼이 빠진 표정으로 커다란 한숨을 연신 내쉬었다.

"후후, 앉아. 농담 한마디 한 걸 가지고 왜 그리 화를 내. 다 큰 어른이 농담과 진담도 구분을 못해서야. 바보도 아니고. 그러니 소은이 자꾸……."

"그, 그만해라……."
"아참! 소은이는 빼고."
"휴우……."
'노적위 이 새끼! 온 동네 소문 다 내놨네. 촉새 새끼도 아니고. 쌍!'
후끈 달아오른 가오성의 얼굴을 바라보며 윤이 히죽히죽 웃었다.
그 모습이 꼭 바보처럼 해맑았다.
"그만 웃어라. 면상 밟아버리기 전에."
"나가자."
"어딜, 인마?"
이미 마음이 상한 가오성이 뚱한 표정으로 짧게 물었다.
"따라와 보면 알아."
윤이 피식 미소를 지으며 가오성의 어깨를 토닥토닥 두드리곤 걸음을 옮겼다.

*   *   *

윤이 가오성을 데리고 간 곳은 북호정의 뒤뜰이었다.
"여긴 왜? 설마, 또 비질하려고?"
가오성이 의아한 듯 물었다.
"그래도 명색이 사형인데 하나밖에 없는 사제의 실력이 얼마나 발전했는지 점검은 해봐야 할 거 아니야."
"점검? 미친놈, 갑자기 왜 안 하던 짓을 하고 지랄이냐? 그렇게 한번 붙어보자고 떼를 쓸 땐 콧방귀도 안 뀌더니."

"싫으면 말고."

"누가 언제 싫다 그랬냐, 왜 뜬금없이 생전 안 하던 짓을 하냐고 물었지."

안 그래도 좀이 쑤셨는데, 가오성이 윤과의 비무를 마다할 일이 없었다.

아니, 고수인 윤이 자처해서 수련을 돕는다는데 그 누가 있어 거부를 할까.

"흐흐흐······. 어쨌든 그 말, 무르기없기다."

가오성이 두 눈을 게슴츠레 뜨곤 기괴한 웃음을 흘렸다.

"사정 안 봐줄 거니까 전력을 다해야 할 거야."

"그건 내가 할 말이고, 인마."

가오성의 안면에 웃음꽃이 활짝 폈다.

하지만 그의 심장은 긴장감에 두근두근 뛰었다.

윤의 실력이 어떠한지 예전에 익히 경험을 했기 때문이다.

'예전처럼 그렇게 쉽게 무너지지는 않을 것이다.'

윤과 어느 정도 거리를 이격한 가오성이 눈빛을 반짝 빛내며 윤의 전신을 예리하게 쓸어봤다.

"뭐 해? 그렇게 노려만 볼 거야?"

그 모습을 가만히 바라보던 윤이 물었다.

"기선제압이란 것도 모르냐, 쨔샤!"

가오성이 사뭇 인상을 험악하게 일그러뜨리며 으르렁거렸다.

그에 윤이 피식 미소를 짓곤 검붉은 검신의 용혈검을 뽑아 들었다.

스르릉—

용혈검을 뽑아 든 윤의 표정이 무심하게 가라앉았다.

방금 전까지 그의 얼굴에 가득했던 장난기가 거짓말처럼 일순 싹 사라졌다.

그 모습에 가오성 또한 자신의 목숨과도 같은 철검을 조심스럽게 뽑아 올렸다.

'저 괴물새끼! 그냥 서 있는 것뿐인데 압박감이 장난이 아니네. 썅!'

"하수인 내가 먼저 움직이는 것이 아무래도 모양새가 맞겠지? 후후."

"단 한 번도 나의 하수라고 생각한 적 없어."

"후후후."

윤의 음성에 가오성의 입꼬리가 기분 좋게 길게 찢어졌다.

순간,

스스슥—

역시 먼저 움직인 사람은 가오성이었다.

윤의 눈을 어지럽히는 사뭇 빠르면서도 매우 부드러운 절묘한 보법이었다.

예전의 움직임과 비교를 한다면 한층 더 진일보된 매끄러운 몸놀림이었다.

'사보(蛇步).'

구천류의 오의가 담긴, 윤도 익히 아는 보법이었다.

상대의 시야를 흐리는 것이 주목적이지만, 사실은 그 실력을 종잡을 수 없는 상대의 진면목을 가늠하기 위한 초반 견제의 목적도 지니고 있는 보법이었다.

파앗―

순간 윤의 신형이 바람을 매섭게 가르며 가오성을 향해 최단 직선으로 쏘아졌다.

가오성이 사보를 펼쳤다는 건 자신의 공격을 유도하기 위함.

그의 차후 대응이 어떨까 궁금했던 까닭이다.

찰나지간 거리를 좁힌 윤이 견정 아래로 끌어당겼던 용혈검을 가오성의 미간을 향해 쭉 뻗어냈다.

실전을 방불케 하는 매서운 일초였다.

'북천류(北天流)!'

두 눈을 부릅뜨고도 쫓을 수 없는 무서운 속도에 긴장할 법도 하련만, 가오성의 표정은 의외로 담담했다.

가오성 또한 윤이 펼친 검식을 너무나도 잘 알고 있었기 때문이다.

사실 용노야가 가오성에게 전수해 준 무명검의 초식 모두는 구천류에 그 근간을 두고 있었다.

달리 말해, 윤의 구천류와 가오성의 무명검은 동일한 무공이라 할 수 있었던 것이다.

그렇기에 윤과 가오성은 상대가 펼치는 초식을 모두 꿰뚫고 있었다.

까아앙―

순간 찢어질 듯 고성이 울려 퍼졌다.

그리고 용혈검을 살짝 비껴낸 가오성이 다짜고짜 윤의 오른쪽 품으로 파고들었다.

고수인 윤을 상대로 보인 대응치고는 그 행동이 꽤나 무모해 보였다.

그런데 그 순간 윤이 당황한 표정으로 황급히 자신의 허리를 틀어갔다.

오직 격검(擊劍)만을 생각하고 있던 윤으로서는 가오성의 뜻밖의 박투(搏鬪)에 황당하기까지 했던 것이다.

부우욱―

윤의 의복이 가오성의 거친 주먹에 요동을 쳤다.

"……."

가까스로 봉변을 피한 윤이 신형을 급급히 뒤로 물리곤 씩씩거리는 가오성을 지그시 바라봤다.

다행히 반응이 빨라 큰 타격은 받지 않았지만 옆구리가 시큰거렸다.

살짝 스쳤을 뿐인데, 그 위력이 주는 여파가 제법 컸던 까닭이다.

"그런 건 어디서 배운 거야?"

윤이 담담한 표정으로 물었다.

"어디서 배우긴, 이 똑똑하신 가오성님께서 직접 창안하신 거지. 어때? 쓸 만하지? 크크크! 식겁했을 거다, 요놈아."

"후후후."

의기양양해진 가오성을 바라보며 윤이 실소를 흘렸다.

그러던 그가 미소를 싹 지우며 진지한 낯빛으로 입을 열었다.

"절대고수가 되고 싶다고 했지?"

"그거야 당연하지. 무사라면 당연히 바라는 꿈이 아니겠냐."

"그럼 초식에 충실해. 변화는 초식의 오의를 깨달은 후에 꾀해도 늦지 않을 테니까."

제법 근엄한 표정으로 윤이 타이르듯 말했다.

그에 살짝 배알이 꼬였는지 가오성이 표정을 구기며 이죽거렸다.

가오성 자기 딴에는 칭찬을 들어도 부족한 멋진 공격이라 생각했건만.

"틀에 박힌 초식만으로 어떻게 죽고 사는 결투에서 살아남겠냐, 이 멍청아!"

"아니, 그 오의를 깨닫지 못하기에 틀에 박힌 초식이라 여긴다 하셨어. 눈에 보이는 것이 전부라 생각한다면 언젠간 한계에 부딪치는 법. 모든 검식을 자신의 몸에 완벽히 익혔다 하여 검술의 모든 것을 얻었다 착각하지 말라 하셨고, 검식 하나하나의 오의를 깨닫기 위해 기다리는 것 또한 수련이라 하셨지. 자신감은 약이 되지만 지나친 자신감은 자만이라 하셨고, 게으른 천재보단 부지런한 바보에게 깨달음은 가깝다 하셨어. 그리고 말씀하셨지, 빠르다 하여 빠른 것이 아니고 느리다 하여 느린 것이 아니라고."

부족한 제자를 가르치듯 윤의 음성에 위엄이 넘실거렸다.

사실 일취월장이란 말조차 무색할 정도로 성취가 남다른 가오성이었다.

그래서인지 요즘 들어 가오성은 자만하고 있었다.

자신은 그것을 자신감으로 착각하고 있었지만, 윤은 그의 행동을 자만심으로 판단했다.

비록 가오성보다 나이는 어리지만, 윤은 가오성의 상태를 객관적으로 정확히 파악하고 있었던 것이다.

"노야께서?"

무언가 깨달은 바가 있는지 가오성이 착 가라앉은 음성으로 물었다.

윤은 굳이 대답하지 않았다.

대신 그는 다른 말을 꺼냈다.

"무명검과 구천류는 할아버지의 평생 심득이 담긴 무학이야. 우린 지금 그 무공을 흉내 내는 것뿐이고. 똑같이 흉내를 낸다 하여 그것이 자신의 것이 될 수는 없어. 마음을 열어. 그리고 자신과 무명검을 다시 돌아봐. 부단히 고민하며 기다린다면 자신도 모르는 사이 깨달음을 얻는다 하셨으니까."

"제, 제길! 어린놈이 잘난 척은……."

"어쩌겠어, 그래도 사형인걸."

"누가 아니래?! 그래도 어린 건 맞잖아, 짜샤!"

"나 또한 잘난 건 없어. 부족하지만, 나름 그런 것 같아서 하는 말이야. 불쾌했다면 미안해."

"누가 미안하라고 그랬냐? 자꾸 사람 민망하게 만드니까 그렇지. 히여간 눈치가 없어, 눈치가. 바보 같은 놈."

가오성이 미간을 찌푸리며 이죽거렸다.

그런 그에게 윤이 다시금 입을 열었다.

"무명검과 구천류는 그 근간은 같지만 다른 점이 존재해. 분명 도움이 될 거야. 잘 봐둬."

"뭘 잘 봐, 인마. 벌써 홍 다 깨졌는데."
"당분간 검을 들 일이 없을 거 같아서. 마지막으로 한번 놀아 보려고……."
"뜬금없이 마지막이라니? 대체 그게 뭔 소리야?"
"그런 게 있어."
"아암! 그런 게 있겠지. 당연히 있겠지."
가오성이 콧방귀를 날리며 대꾸했다.
윤이 그런 가오성의 미간으로 용혈검을 겨냥했다.
순간 오싹한 한기가 가오성의 전신을 휘감았다.
'고맙고 대견할 뿐이다. 윤이 넌 내 사형으로서 결코 부족함이 없다.'
순간 가오성의 두 눈에 힘이 바짝 들어갔다.

그 시각.
건유운의 거처 겸 집무실이 되어버린 내실에서 건유운과 노적위가 대화를 나누고 있었다.
"그래도 이 속하, 모든 은영을 동원해서라도 사라지신 부영주를 찾는 것이 옳다 생각합니다."
노적위가 심각한 표정으로 말을 했다.
"영주의 안위가 최우선이 되어야 함을 모르는가. 영주의 상태가 온전치 않은 이 상황에서 은영을 분산시키는 것은 자살 행위일 뿐이다."
노적위의 또한 부영주 곽한이 걱정되기는 마찬가지였다.
벌써 몇 달째 그의 행방이 묘연했던 까닭이다.

"그렇다고 마냥 기다릴 수는 없질 않습니까?"

"으음……."

건유운이 가느다란 한숨을 내쉬었다.

그라고 뾰족한 답이 있을 리 만무했기 때문이다.

"쉽게 당하실 분이 아니다. 분명 그 연유가 있을 터. 그건 그렇고, 심도학이 월하정을 찾은 이유가 무엇이라 하더냐?"

건유운이 화제를 돌리며 물었다.

"백도련 회합 건 때문이라 합니다."

"백도련 회합이라면 아가씨께서 관여할 수 있는 부분이 없질 않느냐?"

"정검문의 전대 문주께서 전대 백도련주의 혈손 자격으로 아가씨를 회합의 일원으로 자리를 건의했다 합니다."

"이시백 선배가? 결과는?"

"그의 건의가 받아들여졌다 합니다. 백도련을 일으킨 장본인 중 한 명이니 아무래도 모두들 그의 건의를 거절하기 힘들었던 것 같습니다."

"으음."

건유운이 검지로 이마를 간질이며 상념에 빠져들었다.

'염화탁을 견제하기 위함인가? 그 이유라면 다행이지만……. 만약 이 또한 염화탁이 정해놓은 수순이라면…….'

현재로서는 아무것도 장담할 수 없었다.

모든 가정을 열어둔 채 촌각을 곤두세워야만 그나마 월하정의 안전을 보장받을 수 있었다.

"무슨 이야기가 오갔다 하더냐?"

"령령이 전한 말을 요약하면, 아가씨에게 염화탁의 의견을 무조건 따르라 했답니다."

"나쁜 소식은 아니군……."

"그게 무슨 말씀이십니까?"

건유운이 중얼거리자 노적위가 의아한 표정으로 물었다.

나쁜 소식이 아니라니.

꼭두각시처럼 자리만 지키라는 말인데, 이보다 자존심 상하는 일이 어디 있단 말인가.

"염화탁이 아가씨를 견제한다는 것은, 이는 분명 이시백 선배의 건의가 단독적으로 이루어졌음을 의미하는 것이다."

"어차피 아가씨에게 있어서는 입도 뻥긋할 수 없는 고욕의 자리가 될 것이 아닙니까?"

"물론 그럴 수도 있겠지. 하지만 이시백 선배를 아가씨 편으로 끌어들일 수만 있다면 분명 상황은 달라진다. 그의 능력이라면 어느 정도 회합의 판도를 바꿀 수 있을 테니까."

"이미 회합의 주도권이 염화탁에게 넘어간 상황인데, 그것이 어찌 가능하다 하십니까?"

"전대 부영주의 행방 추적을 철혈무가 독단이 아닌 백도련 전체의 문제로 공론화만 시킬 수 있다면, 그것 하나만으로도 염화탁이 가진 주도권은 흔들릴 것이다."

"그러다 자칫……."

노적위가 말끝을 흐렸다.

"공론만 이끌어내려는 것뿐이니 별일은 없을 것이다."

노적위의 걱정이 무엇인지 느낀 건유운이 담담한 어조로 말했다.

"문제는 이시백 선배가 아가씨에게 얼마만큼의 힘을 실어줄까 하는 것이다. 관건은 아가씨의 결정이다. 우선 영주를 뵙고 아가씨를 만나봐야겠다."

"으음……."

노적위가 상념에 빠진 건유운을 바라보며 가벼운 한숨을 내쉬곤 감탄 어린 표정을 지었다.

자신이라면 과연 이 상황에서 어떠한 방법을 이끌어내고 어떤 결정을 내렸을까.

방법도 방법이지만, 방법이 있다 해도 너무나 미묘한 사안이라 분명 쉬이 결정을 내릴 수 없었을 것이다.

하지만 건유운은 현재의 상태를 빠르게 파악하고 그 복잡한 상황의 맥을 정확히 짚어 그 누구도 이끌어낼 수 없는 최선의 방법을 찾아내고 있었다.

은영의 머리라 할 수 있는 은영사주의 직책을 얻은 것이 결코 운이 아님을 건유운은 매번 행동으로 직접 보여주고 있었던 것이다.

第三章 염화탁, 백도련주가 되다

수호무사

수십 명의 중장년층의 사람들이 철혈무가의 중전으로 속속들이 그 모습을 드러냈다.

백도련 회합 때문에 전 중원에서 모여든 기라성 같은 인물들이었다.

그중엔 그 이름만으로도 강호를 떨쳐 울릴 만큼 위명이 자자한 사람도 있었다.

정검문의 전대 문주이자 섬서일검으로 칭송을 받는 이시백 또한 그중 한 명이었다.

겉모습은 시골 촌부와 하등 다를 바가 없지만, 그는 천하팔검(天下八劍)의 일좌를 차지할 정도로 그 명성이 대단했다.

천하제일검이라 일컬어지던 무진강도, 강북검성이라 칭송을 받던 용사량도 모두가 천하팔검의 일좌를 차지하던 인물들이다.

"후배 유광진, 섬서일검을 뵙습니다."

귀한 비단옷을 입은 오십 줄의 건장한 사내가 이시백을 향해 허리를 깊이 숙이며 예를 취했다.

"왔는가."

이시백이 내키지 않는 표정으로 시큰둥하게 대꾸했다.

"어찌 섬서일검께서는 해가 갈수록 오히려 젊어지시는 겁니까? 뭐 좋은 영약이라도 드시는 것입니까?"

"영약이야 요즘 떼돈을 긁어모으는 자네 같은 부자들이나 먹는 거고, 나 같은 가난한 촌로가 어찌 감히 구경이나 할 수 있겠는가. 뭐, 어쨌든 입에 발린 농이겠지만, 듣기 싫지는 않구먼."

"떼, 떼돈이라니요. 그저 입에 풀칠이나 할 정도입니다. 그리고 제가 어찌 감히 섬서일검께 농을 던질 수나 있겠습니까."

"농일세. 그나저나 농 한 번 던진 걸 가지고 왜 그리 긴장을 하는가."

이시백이 가자미눈을 뜨고 갑자기 얼굴을 붉히는 유광진을 쳐다보며 말했다.

"안녕하세요."

"누, 누구? 서, 설마 유화 아가씨?"

이시백에게 트집이라도 잡힐까 안절부절못하던 유광진이 놀란 표정으로 물었다.

"네, 유화예요."

"아이구! 이 몹쓸 놈이 아가씨도 몰라보다니, 용서하십시오. 가주께서 돌아가셨을 때 찾아뵈었어야 하는데. 정말 죄송하게 되었습니다, 아가씨."

유광진의 표정에 미안함이 가득했다.

"죄송하다니요. 한창 바쁘셨을 때잖아요."

무유화가 화사한 미소를 지으며 대꾸했다.

그 모습이 천상의 선녀처럼 무척 고왔다.

"그나저나 이제 어른이 다 되셨습니다. 제 머릿속에는 여전히 어렸을 적 모습만 있을 뿐인데……. 하하."

"쓰잘머리없는 말 그만하고, 그만 가자, 유화야."

이시백이 갑자기 끼어들며 대화를 잘라 버리곤 무유화의 손목을 낚아챘다.

그에 무유화가 유광진을 향해 고개를 가볍게 숙이곤 자리를 떴다.

"네가 왜 저딴 놈에게 고개를 숙이느냐? 배알도 없는, 은혜도 모르는, 아주 배은망덕한 놈이다. 다시는 저런 놈과 얼굴도 마주하지 말고 말도 나누지 말거라. 눈은 물론 입도 다 더러워진다."

신형을 돌리기가 무섭게 이시백이 유광진을 대놓고 비난하자 무유화가 난처한 표정을 지었다.

"하, 할아버지……."

"뭐? 내가 틀린 말을 했느냐?"

"다, 다 듣겠어요."

"들으면? 제깟 놈이 뭐 어쩔 것이냐? 성질 같아서는 당장에라도 눈알을 후벼 파고 싶다만, 이곳이 철혈무가라 참는 것이다. 흥!"

염화탁, 백도련주가 되다 77

이시백이 단단히 화가 난 듯 연신 투덜거렸다.

그런 그가 지나가는 곳곳마다 사람들이 이시백을 향해 정중히 예를 취했다.

모두가 모인 널따란 대전.

그 중앙에 염화탁이 근엄한 표정으로 자리했다.

"먼 길을 오셨는데 여독이 좀 풀리셨는지요. 머무시는 데 불편하신 점이 있다면 개의치 마시고 이 염 모를 질책해 주십시오."

염화탁이 정중한 음성으로 입을 열었다.

"불편하다니요? 그 무슨 말씀이십니까. 염가주의 세심한 배려 덕에 한 점의 여독도 남아 있질 않습니다. 그저 감사할 뿐입니다. 껄껄."

염화탁의 말이 떨어지기가 무섭게 유광진이 호방한 웃음을 터뜨리며 말했다.

그것이 시발점이라도 된 양 곳곳에서 염화탁의 배려에 대한 감사의 말이 튀어나왔다.

"말씀만 들어도 이 염 모 감사할 따름입니다."

염화탁이 가볍게 목례를 취하며 말을 했다.

그렇게 가벼운 인사치레가 오간 뒤, 염화탁이 마침내 회합의 본론을 꺼내 들었다.

"련주께서 돌아가신 지 벌써 몇 해가 흘렀건만, 본가의 늑장으로 회합이 늦어진 점, 동도 여러분께 이 염 모 고개 숙여 사죄를 드립니다. 더불어 회합의 주관자로 이 염모를 추대해 주신

점 진심으로 감사를 드리는 바입니다. 어쨌든 늦었지만, 이렇게 회합을 열게 되었으니 그동안 련 내에 쌓인 문제를 조속히 해결을 보아야 할 것입니다."

염화탁이 회합을 알리자 대전에 모인 여러 인물들이 고개를 끄덕이며 동의를 표했다.

그런 그들을 둘러보곤 염화탁이 말을 이었다.

"이미 공지를 드렸듯 오늘 회합 주제는 현재 공석으로 남아 있는 련주를 선출하는 일과 얼마 전 삼합회로부터 불시의 공격을 받은 청도문의 문제입니다. 두 문제 모두 강호의 평화와 백도련의 안녕을 위한 아주 중대한 사안임을 다들 아실 것입니다. 특히 백도련의 혼란을 틈타 삼합회가 일으킨 발호는 일벌백계로 강력하게 응징해야 할 것입니다."

염화탁이 결연한 표정을 지으며 단호하게 말했다.

"지당하신 말씀입니다."

"일벌백계가 다 무엇입니까. 천 배, 만 배로 되돌려 주어야지요."

대부분의 사람들이 잔뜩 흥분한 음성으로 염화탁의 발언에 호응했다.

그렇게 한참 소란이 지속되었다.

"우선 새로운 련주의 선출은, 다들 아시다시피 련의 규율에 따라 진행토록 하겠습니다."

염화탁이 련 내의 규율을 들먹이며 입을 열었다.

사실 련 내의 규율이라 해서 특별할 건 없었다.

그저 무기명 서찰로 련주가 될 사람을 추천하고, 그중 가장 많은 추천을 받은 세 명의 후보가 다시금 경합을 벌이면 그만이었다.

"하 총관."

염화탁이 뒤에 시립한 하 총관을 부르자, 그가 염화탁을 향해 공손히 예를 취한 뒤 자단목으로 짠 고급스런 함을 들고 경내를 돌기 시작했다.

"……"

이미 준비를 해온 듯 사람들이 하얀 서찰을 하 총관이 내민 함에 조심스럽게 집어넣었다.

그렇게 새로운 련주를 뽑는 일은 이미 준비된 수순에 따라 순조롭게 진행되었다.

"으음……"

염화탁이 결과를 바라보며 가볍게 한숨을 내쉬었다.

"이것 참, 이 염 모가 여러분께 정말 고개를 들 수가 없습니다. 이 결과를 어찌 받아들여야 할지……"

염화탁의 표정에 난처함이 가득했다.

그래도 새로운 련주 후보로 몇 명이 추천이 될 줄 알았는데, 염화탁을 제외한 그 누구도 추천을 받지 못했기 때문이다.

이미 계획된 일이라지만 그 결과가 너무도 깔끔해 염화탁 자신도 믿을 수가 없었다.

"경축드립니다, 염 가주."

"하하하! 이렇게 되면 경합이랄 것도 없는 것 아닙니까."

"모든 백도련의 인물들이 이미 염 가주를 련주로 생각하고 있기 때문이 아니겠습니까."

이곳저곳에서 염화탁을 축하하는 말들이 쏟아졌다.

"부족한 저를 이리도 믿어주신다니 이 염 모의 어깨가 무겁기 그지없습니다."

염화탁이 밝은 표정으로 좌중들을 둘러보며 입을 열었다.

"결과가 이리도 깔끔하니 더 이상 미룰 필요가 무에 있겠습니까. 하루라도 빨리 추대식을 갖고 강호에 이를 공표함이 옳다 생각됩니다."

"옳으신 말씀입니다. 삼합회의 발호가 빈번함도 어찌 보면 련주의 자리가 계속 공석으로 남아 있기에 그런 것이 아니겠습니까. 그렇지 않았다면 삼합회 따위가 어찌 감히 백도련을 넘볼 수나 있겠습니까."

모두가 새로운 련주를 손꼽아 기다리고 있었던 듯했다.

무유화는 그 모습에 아버지 무진강이 저들의 기억에서 완전히 사라진 것 같아 왠지 모르게 서운했다.

"괜찮으냐?"

무유화의 기분을 눈치챈 이시백이 조용히 물었다.

"예, 괜찮아요."

"인간이란 다 그런 것이다. 인간이기에 변하는 것이 아니겠느냐."

"예……"

씁쓸한 표정을 짓는 이시백을 향해 무유화가 배시시 웃음을 지었다.

그 웃음에 이시백의 마음은 오히려 더 무거워졌다.

어느 정도 장내가 정리되자, 장내에 모인 인물들은 삼합회의 문제에 대해 심각하게 이야기를 나누기 시작했다.

삼합회는 사파라 분류된 무리와 녹림도, 그리고 낭인들이 하나로 뭉쳐 힘을 모은 단체였다.

절대고수의 수적 열세로 그 힘은 미미했지만, 그 수가 워낙 많아 결코 무시할 수 없는 세력이었다.

그런 삼합회가 요즘 그 세가 갑작스럽게 커져 호시탐탐 백도련과 무림맹의 세력권을 넘보고 있었다.

그들이 어찌 이토록 세를 키웠는지 의문은 들었지만, 백도련과 무림맹은 그 세가 크든 작든 여전히 삼합회를 무시하고 있었다.

"그깟 삼합회를 응징하는데 무림맹에게 공조를 취할 필요가 있겠습니까."

이마가 시원하게 벗겨진 한 중년의 사내가 카랑카랑한 음성으로 떠들었다.

"일리가 있는 말입니다. 이는 백도련의 명예가 달린 일입니다. 만일 우리가 무림맹에게 공조를 취한다면 백도련의 위상에 흠이 생길 수도 있습니다. 저들이 전면전으로 나선다 해도 무림맹에게 공조를 원해서는 안 될 것입니다."

한 사내가 동조를 하며 끼어들었다.

백도련과 무림맹은 정도를 걷는 거대 조직이다.

하지만 비록 정파로서 같은 길을 걷는 그들이지만, 강호의 패권을 쥐려는 그들 간의 암중의 힘겨루기가 지속되고 있는 상태다.

 무림맹은 여전히 자신들이 강호의 지존임을 은연중 강조하고 있었고, 백도련은 무림맹의 그런 처사가 마음에 들지 않았던 것이다.

 이런 상황일진대, 만약 백도련이 무림맹에게 삼합회의 응징에 대한 공조를 부탁한다면 무림맹을 강호의 지존으로 인정을 하는 꼴이나 진배없었다.

 웅성웅성—

 옥신각신 수많은 의견이 오갔다.

 하지만 사소한 의견 충돌은 많았지만, 대부분은 삼합회를 힘으로 응징하는 데 동의했고, 무림맹과 공조를 반대하는 데 한입을 모았다.

 "훌륭한 고견들, 이 염 모 감사히 경청하였습니다. 많은 의견이 오갔습니다만, 결론은 하나인 것 같군요. 물론 무림맹의 공조를 원하시는 분이 없다 말할 수는 없지만, 대부분의 백도련 자체적으로 삼합회를 응징하고자 하시는 것 같습니다. 사실 이 염 모 또한 무림맹의 공조를 원하지는 않습니다. 이는 우리 백도련이 무림맹의 그늘로 자처해서 기어들어 가는 꼴과 하등 다를 것이 없기 때문입니다. 해서 이번 삼합회에 대한 문제는 백도련 자체적으로 해결을 보기로 우선 가결을 내리도록 하겠습니다. 그리고 건방진 말일지는 모르나, 새로운 련주로 추대된 이 염 모, 여러분의 믿음에 보답코자 이번 청도문의 문제만큼은 본가가 직접 나서서 해결을 보고자 합니다. 괜찮으시다면 이 염 모의 간청을 들어주시기 바랍니다."

새로운 련주로 추대된 염화탁이 오늘 회합을 정리하며 입을 열자, 좌중들이 사뭇 진지한 표정으로 상념에 빠져들었다.

아무래도 철혈무가 독단적으로 청도문의 문제를 해결한다는 염화탁의 말이 마음에 걸린 듯했다.

"비록 본가가 나서서 이 일을 해결코자 하지만, 이는 분명 백도련 전체의 문제입니다. 다만 이 염 모가 과연 련주의 직책에 어울릴 만한 인물인지 그저 여러분께 평가를 받고 싶은 심정에 간청을 드린 것입니다. 이 염 모의 부탁이 여러분의 마음을 불편하게 만들었다면 없었던 일로 하겠습니다."

"련주께서 이토록 간청을 하시는데 저희가 어찌 그 마음을 저버릴 수 있겠습니까. 아니, 자신의 고혈을 짜내 솔선수범을 보이시려 하는데 오히려 저희가 련주께 고개를 숙여 감사를 표해야지요. 안 그렇습니까, 여러분?"

지금껏 시기적절한 순간에 나서서 염화탁의 발언에 힘을 보태던 유광진이 이번에도 목에 핏대를 세우며 우렁찬 음성을 토해냈다.

그에 하나둘씩 염화탁의 제의에 고개를 끄덕이기 시작했다.

*   *   *

회합은 며칠간 계속 진행되었다.

해결해야 할 안건은 여전히 산처럼 쌓여 있었지만, 새로운 련주로 추대 받은 염화탁을 중심으로 회합은 순조롭게 진행되었다.

그렇게 이레가 지난 오늘에서야 회합은 마무리가 되었다.

희미한 불빛이 일렁이는 밤.
회합을 끝내고 거처로 돌아온 염화탁을 음서서가 반갑게 맞이했다.
"고생하셨습니다, 상공."
철혈무가를 넘어 이젠 백도련의 수장이 된 염화탁, 그런 그를 바라보는 음서서의 표정에 자부심이 가득했다.
"상공, 왜 표정이 어두운 것입니까?"
음서서가 염화탁의 착 가라앉은 낯빛을 살피며 물었다.
피곤에 젖어 어두운 표정이 아니었던 까닭이다.
"으음……"
염화탁이 콧바람을 내며 가볍게 신음했다.
"무슨 일이 있었던 게로군요. 상공, 무슨 일입니까?"
음서서가 염화탁을 재촉했다.
하지만 염화탁의 입은 쉽사리 열리지 않았다.
"제게 말씀해 주실 수는 없는 일입니까?"
음서서가 재차 재촉하자 염화탁이 관자놀이를 지그시 누르며 조용히 입을 열었다.
"유화가 형님의 행방을 본가가 아닌, 백도련 차원에서 찾는 것이 어떻겠냐는 의견을 내놓았소."
"제깟 것이 무슨 힘이, 아니, 무슨 권리가 있어 그 중요한 자리에서 입을 열 수 있단 말입니까?"
"이미 회합에 참여할 수 있는 권리를 부여받은 아이인데 못할 건 또 뭐가 있겠소."

염화탁이 짜증 섞인 음성으로 음서서의 말을 받아쳤다.

아무래도 과거에 용노야를 독단적으로 처리한 음서서의 행동이 다시금 그의 심기를 건드린 듯싶었다.

"그래서 어, 어찌 되었습니까?"

음서서의 표정에 초조한 기색이 역력했다.

"어찌 되었을 것 같소?"

오히려 되묻는 염화탁.

물론 음서서는 자신이 저지른 일인지라 아무런 대꾸도 할 수가 없었다.

"유화의 의견이 받아들여졌소."

자신을 바라보는 음서서의 시선을 애써 외면하며 염화탁이 퉁명스런 음성으로 말했다.

"왜, 왜 막질 않으셨습니까?"

"누군들 막고 싶지 않았겠소. 막을 명분이 있어야 막을 것이 아니겠소. 더구나 섬서일검께서 유화의 의견을 박수까지 치며 적극 거드는데 과연 그 누가 있어 반박을 가할 수나 있겠소."

"그래도 막으셨어야지요. 이는 백도련의 문제가 아닌 본가의 일이 아닙니까? 혹 섬서일검께서 은거를 깬 이유가 용노야 때문에……."

음서서의 미간이 순간 잔뜩 좁혀졌다.

답답해서 유람 겸 철혈무가를 찾은 줄 알았는데, 무유화를 회합의 일원으로 건의한 것도 그녀의 안타까움을 동정해 그런 줄로만 알았는데, 이제와 생각해 보니 뒤통수를 제대로 맞은 느낌이었다.

"나를 의심하는 눈빛이었소. 나를 바라보며 그러더이다. 형님만 찾을 수 있다면 자신을 포함한 정검문 일대제자 모두를 백도련으로 불러들일 것이라고 말이오."

"미, 미치지 않고서야 어찌……."

정검문 일대제자를 모두 불러들인다는 말은, 정검문 전체를 불러들인다는 말과 하등 다를 것이 없었다.

비록 그 수는 많지 않지만, 그들이 가진 힘만큼은 결코 무시할 수가 없었다.

그 하나하나가 가진 무위가 검강과 검탄의 반열에 올라선 절대라는 말이 무색할 정도의 강자들이었다.

허기야 정검문의 일대제자라 함은 이시백과 함께 강호를 질주하던 사형제들이고, 개중엔 그와 함께 은거에 들어간 인물들도 있었으니 그 무위를 능히 짐작할 수 있었다.

"어차피 이 세상에 없는 용노야가 아닙니까. 아무리 용을 쓴들 이 세상에 없는 자를 어찌 찾을 수 있단 말입니까."

"지금 그걸 말이라고 하는 게요, 섬서일검이 대체 누구인 줄이나 알고 떠드는 것이오."

"알다마다요. 그 집요함과 냉철함이 하늘을 찌르는 인물이 아닙니까. 그러면 무얼 합니까. 용노야는 이미 저 세상으로 떠나신 몸인 걸."

미소까지 짓는 음서서의 태도에 염화탁은 그만 할 말을 잃고 말았다.

정말 이시백이 어떤 인물인지 알고 떠드는 것인지 도통 이해를 할 수가 없었던 까닭이다.

 염화탁의 표정이 어두운 것은 단지 용노야의 문제 때문만은 아니었다.

 만약 이시백이 은거에 들어가지 않았다면 백도련의 련주는 염화탁이 아닌 당연히 그의 차지였다.

 백도련에서 차지하는 이시백의 힘은 그만큼 대단했다.

 그런 그의 힘을 누를 수 있던 인물은 오직 하나, 전대 련주 무진강뿐이었다.

 아무리 철혈무가의 힘이 대단하다 하나, 무진강이 없는 철혈무가는 그 힘이 반감이 될 수밖에 없었다.

 워낙에 무진강을 추종하던 인물들이 많았기 때문이다.

 이시백조차도 그런 그를 추종했을 정도이니 무진강의 능력을 가히 짐작하고도 남을 일이었다.

 무공은 또 어떠한가.

 고금 이래 최고의 검술이라는 무상류로 천하제일검의 칭송을 받고 강호를 주름잡던 그였다.

 그런 그를 추종하던 이시백이 은거를 깨고 강호에 다시금 그 모습을 드러낸 것이다.

 이는 무엇을 의미함일까.

 단지 사라진 용노야를 찾기 위해서?

 염화탁으로서는 고개를 절레절레 저을 수밖에 없었다.

 '예전부터 나와 거리를 두던 섬서일검이다. 나 염화탁을 견제하려 함인가?'

 염화탁의 굵직한 눈썹이 꿈틀거렸다.

"상공······."

그때 음서서의 상냥한 음성이 염화탁의 귀를 간질였다.

"상공께서 무엇을 진정 걱정하시는지 제 어찌 모르겠습니까. 하지만 너무 심려치는 마십시오. 섬서일검이 아무리 대단하다 한들, 그 또한 한낱 인간에 불과할 뿐입니다. 우선은 삼합회의 문제를 해결하는 데 최선을 다해야 할 것이 아니겠습니까."

"일이 참 우습게 됐구려. 본가의 문제는 백도련의 일이 되어 버렸고, 백도련의 문제는 본가의 일이 되어버렸으니······."

염화탁이 어이없는 실소를 흘리며 중얼거렸다.

"삼합회 관한 건을 본가로 끌어들였으니 어차피 원하던 바를 얻은 것이지 않습니까. 계획대로 삼합회를 빌미로 월하정의 문제를 깨끗이 해결한 뒤 섬서일검의 문제를 거론해도 늦진 않을 것입니다."

월하정을 거론하는 음서서의 표정에 순간 싸늘한 한기가 서렸다 사라졌다.

"과연 잘하는 짓인지 모르겠소."

염화탁이 고개를 도리질 치며 중얼거렸다.

"아가씨의 태도가 갈수록 삐뚤어지고 있습니다. 월하정에 호위무사들을 들이고 난 뒤, 아니, 그 바보 놈이 본가로 다시 돌아온 뒤부터 그 상태가 심각해졌습니다."

"으음······."

염화탁이 음서서의 이야기를 듣는 둥 마는 둥 심각한 표정을 지은 채 가벼운 한숨을 내쉬었다.

그런 그에게 음서서가 계속 입을 열었다.

"힘들게 고쳐 잡은 기강입니다. 월하정을 바라보는 외전의 시선이 심상치 않음을 상공께서도 알고 계시질 않습니까. 진즉에 내쳤어야 할 가오성이란 놈이 그 분위기를 이끌고 있다 하질 않습니까. 무슨 꿍꿍이가 있음이 분명한데, 이대로 방관만 할 수는 없는 일이 아닙니까. 문제가 있다면 바로잡아야 할 것이 아니겠습니까. 아니 그렇습니까?"

"으음……."

염화탁은 내키지 않는 표정으로 연신 한숨만 내쉴 뿐이었다.

"작은 불씨가 집안을 송두리째 태울 수 있는 법입니다. 우선 월하정 호위무사들을 제거한 뒤 아가씨의 마음을 되돌리는 것이 우선일 것입니다."

입을 여는 음서서의 입가에 진한 미소가 매달렸다.

第四章 무유화, 청도문으로 향하다

수호무사

스슥— 스슥—

윤의 손길이 닿은 곳곳마다 반들반들 빛이 났다.

비질밖에 모르던 윤이 언제부터인가 북호정의 내부까지 반짝반짝 윤을 냈다.

흉측한 몰골의 북호정이었지만, 마치 용노야가 돌아온 듯 이제는 생기가 넘쳐흘렀다.

얼마나 쓸고 닦았을까.

비가 오듯 땀을 흘리는 윤의 곁으로 구부정한 노인이 다가왔다.

분명 인기척을 느꼈을 텐데 윤은 지척까지 다가온 이시백을 쳐다보지도 않았다.

'맹랑한 놈! 아는 척도 않는구나. 설마 그날의 일 때문에 삐치기라도 한 것인가? 가만, 바보도 삐치나?'

인상을 쓰던 이시백이 순간 고개를 갸웃거렸다.

"크흠! 흠흠!"

이시백이 괜한 헛기침을 토해내며 윤의 등을 힐끔거렸다.

그때서야 기척을 느꼈는지 윤이 고개를 돌리곤 방긋 웃음을 지었다.

"검을 들었을 때는 사나운 맹수 같더니 걸레를 들고 있으니 영락없는 바보로구나."

"헤헤!"

"월하정의 호위무사라는 놈이 어찌 월하정은 지키지 않고 북호정만 이리 쓸고 닦는 것이냐? 누가 보면 북호정의 호위무사인 줄 알겠다, 이놈아!"

"유, 윤이는 워, 월하정의 호위무사다."

"이놈아, 그걸 누가 모르느냐."

"히히!"

이시백이 자신을 빤히 쳐다보며 웃음 짓는 윤을 바라보다 입맛을 쩝 다셨다.

"련주께서 아주 걸물을 주워 키웠구나. 이것 참……."

윤의 옆에 은근슬쩍 엉덩이를 붙이고 앉은 이시백이 홀로 중얼거렸다.

"걸레질은 그만두고 이리와 앉아라."

"시, 싫은데. 나 거, 걸레질해야 하는데."

"이, 이놈아, 어른이 말씀을 하시는데 냉큼 앉을 것이지 뭔 말이 그리 많은 것이냐?"

윤의 대꾸에 당황한 이시백이 인상을 버럭 쓰며 언성을 높였다.

그러자 윤이 겁을 집어먹은 표정으로 쭈뼛쭈뼛 그의 곁으로 다가갔다.

"예전 철혈무가에 왔을 때 얼핏 어린 바보 놈을 본 것 같은데, 가만히 생각해 보니 네놈이 바로 그놈이더구나. 몇 년 전이었던가, 그게……. 이젠 기억을 더듬기도 힘이 드는구나. 쯧쯧!"

이시백이 멍한 시선을 허공에 흩뿌리며 과거의 기억을 더듬었다.

"검술은 언제부터 익혔더냐?"

"그, 그게… 그, 그건 잘 모르겠는데."

"하긴 수련의 기간이 길고 짧음이 무에 그리 중요할까. 마음가짐이 중요한 것이지. 아암, 그렇고말고."

이시백이 느릿하게 고개를 끄덕이며 중얼거렸다.

"윤이라고 했더냐?"

"으, 응……."

"네가 익힌 무공이 무엇이더냐?"

"구, 구천류."

"맞다. 네가 익힌 검술이 바로 내가 존경해 마지않던 용사량 형님의 구천류이다. 아직 구천류의 깊은 오의를 너의 검에 담지는 못했지만, 그날 네놈의 눈깔을 보니 훗날 대성할 그릇임이 분명했다. 그리고 네놈이 비록 바보이며 어린 나이이지만, 그날 네놈을 통해 형님의 구천류를 다시 볼 수 있어 내 솔직히 너무 기분이 좋았구나."

윤이 홀로 중얼거리는 이시백의 주름진 옆얼굴을 가만히 바라보았다.

괴팍한 노인네인 줄로만 알았는데, 그 음성에서 느껴지는 기운이 너무도 따듯했다.

그래서일까.

순간 윤은 용노야가 북호정으로 돌아왔다는 착각이 들었다.

"정검문으로 떠나기 전, 그저 네놈의 얼굴을 한 번 더 보고 싶어 찾아온 것이니라. 바보인 네놈이 나를 찾을 리 만무하니 어쩌겠느냐. 목마른 놈이 우물을 파야지."

홀로 중얼거리던 이시백이 고개를 돌려 윤의 얼굴을 빤히 쳐다봤다.

어색한 눈빛이 순간 교환됐다.

"따라해 보거라."

"뭐, 뭘?"

윤이 어색함에 살짝 인상을 찡그렸다.

그런 그에게 이시백이 짤막한 음성을 내뱉었다.

"사숙."

"사, 사숙?"

"이제부터 나를 사숙이라 부르거라. 알겠느냐?"

"사, 사숙? 사, 사숙, 사숙……."

윤이 연신 사숙이란 말을 되풀이했다.

"안 그랬다간 경을 칠 것이다. 알았더냐?"

"어, 어……."

"사숙이라 해야지, 이놈아."

"어, 어. 사, 사숙……."

"그렇지. 그렇게 뒷말에는 꼬박꼬박 사숙이란 말이 붙어야 하느니라."

사뭇 엄한 이시백의 음성에 윤이 마지못해 대답했다.

"크흠! 그리고······."

이시백이 크게 헛기침을 하곤 말을 잠시 끊었다.

그리고 멍한 표정의 윤의 두 눈을 매섭게 쩨려보며 물었다.

"너 정말 바보냐?"

"바, 바보? 사숙."

"엥! 바보 사숙?"

졸지에 바보 사숙이 되어버린 이시백의 순간 맹한 표정을 지었다.

"이거야 원! 한순간에 바보 사질과 바보 사숙이 되어버렸구나. 껄껄껄!"

이시백이 갑자기 기분 좋은 파안대소를 터뜨렸다.

그렇게 한참을 웃던 이시백이 웃음기를 싹 지우곤 입을 열었다.

"조만간 내 다시 철혈무가를 찾아올 것이다. 그동안 몸 건강히 잘 있거라. 더불어 유화의 곁을 꼭 지켜주어야 하느니라. 알겠느냐? 그리고 너무 걱정은 말거라. 섬서일검 이시백의 이름을 걸고 내 반드시 형님을 찾아줄 것이니 말이다."

"헤헤! 사, 사숙."

윤이 고개를 끄덕이며 웃음 지었다.

'그놈 참! 보면 볼수록 신기하구나. 내가 하는 모든 말귀를 알아듣는 듯하구나.'

윤의 얼굴을 바라보며 이시백이 고개를 연신 갸웃거렸다.

그렇게 윤과 한참 동안 이것저것 떠들던 이시백은 해가 중천

무유화, 청도문으로 향하다 97

에 떴을 때에야 자리를 털고 일어났다.

*　　*　　*

이시백이 떠난 후에도 한참 동안 북호정 이곳저곳을 쓸고 닦은 윤은 해가 서산에 반쯤 걸린 늦은 시각이 되어서야 월하정으로 돌아왔다.

그런 그를 제일 먼저 반긴 이는 가오성이었다.

그리고 가오성이 전한 몇 마디의 말을 듣곤 윤이 다급한 표정이 되어 쏜살처럼 무유화의 거처로 달려갔다.

"이상한 소리를 들었는데, 그게 무슨 말이지?"

내실로 들어서기가 무섭게 윤이 딱딱하게 굳은 표정으로 무유화에게 물었다.

언제나 무유화의 곁엔 령령이 존재했다.

"안 그래도 막 찾아가려 했는데."

어두운 윤과 달리 무유화의 표정은 의외로 밝았다.

"중전에서 무슨 말을 들은 거야?"

윤이 여전히 굳은 낯빛으로 재차 물었다.

그때서야 윤의 기분을 알아차린 무유화가 낮은 음성으로 대답했다.

"철혈검대장과 함께 청도문으로 떠날 거야. 이번 일만 잘 해결되면 어쩌면 백도련 회합에 계속 참여할 수 있는 일원이 될 수 있어. 나에게는 더없이 좋은 기회야."

무유화의 표정도 어느새 윤의 그것처럼 굳어져 있었다.
"염화탁이 그리하라고 시켰어?"
윤의 언성이 조금 높아졌다.
그것이 못내 서운한 것일까.
무유화가 윤의 시선을 외면해 버리며 입을 열었다.
"내가 결정한 일이야."
"염화탁이 시킨 거냐고?"
언쟁이라도 불사할 것처럼 윤이 똑같은 말을 되풀이하며 물었다.
"그건 중요한 게 아니야. 중요한 건, 내가 생각하고 내가 결정한 일이라는 거야!"
결국 무유화도 언성을 높였다.
"왜? 왜, 그래야만 했는데?"
윤이 따지듯 물었다.
"지금껏 내 힘으로 일군 것이 단 하나도 없으니까. 아무것도 할 수 없는 무능한 나였으니까. 언제까지 인형처럼 살 수는 없으니까."
"넌 인형이 아니야. 네가 있기에 철혈무가가 존재할 수 있다는 걸 왜 몰라."
답답한 마음에 윤이 이제는 무유화를 타이르듯 입을 열었다.
"아니, 난 그저 전대 가주의 딸일 뿐이야. 그마저도 이미 잊힌 지 오래고. 그토록 칭송을 받던 아버지의 기억조차 모든 사람들이 잊었는데… 나로 인해 철혈무가가 존재한다고?"
회합 당시 좌중이 보인 행동을 상기하며 무유화가 아랫입술을 잘근 깨물었다.

그 모습이 못내 아팠음인가.

'그렇지 않아! 아버지도 너도 결코 그런 존재가 아니라고!'

윤이 내심 무유화의 말을 강하게 부정했다.

그런 그의 가슴에 무유화가 비수와도 같은 음성을 내뱉었다.

"넌 몰라. 지금까지 내가 어떤 기분으로 살아왔는지… 차라리 죽는 게 낫다고 스스로 얼마나 외쳤는지."

윤이 어찌 모를 수 있을까.

무유화가 옆에 있을 때나 없을 때나 그녀의 모든 슬픔을 함께 아파한 그일진대.

"……."

순간 윤과 무유화 사이에 무거운 침묵이 흘렀다.

"다시 생각할 수는 없겠니?"

무유화의 기분을 모를 리 없는 윤이 힘겹게 물었다.

비정한 이 강호에 대해 아무것도 모르는 무유화인데, 그녀를 보고 청도문의 문제를 해결하라니.

이는 누가 들어도 웃을 일이었다.

분명 염화탁과 음서서가 모종의 음모를 꾸민 것이 분명했다.

윤은 아찔한 위험이 도사릴 것만 같은 느낌을 지울 수가 없었다.

그렇기에 지금 이 순간 윤은 무유화의 행동을 막고만 싶을 뿐이었다.

"……."

윤을 향해 고개를 끄덕이는 무유화의 얼굴에 꺾을 수 없는 고집이 묻어 있었다.

 그런 그녀의 두 눈을 가만히 바라보며 윤이 내심 그녀를 향해 말했다.

 '그렇게 해서 네 마음이 시원해진다면 그럼 그렇게 해. 지켜줄게. 너를 지키는 건 언제까지나 내 몫이니까.'

*　　　*　　　*

 염화탁이 무유화가 철혈검대장과 함께 청도문의 문제를 해결하러 떠날 것이라는 공식적인 공표가 내려진 날, 월하정은 바삐 움직였다.

 일 년 내내 한산하던 월하정이건만.

 월하정의 호위무사들이 간만에 한자리에 모였다.

 처음 며칠을 제외하곤 식사를 할 때도 한자리에 모이기가 힘든 인물들인데, 오늘만큼은 달랐다.

 "……."

 무유화로부터 월하정 호위대장의 직책을 부여받은 건유운이 기다란 탁자를 사이에 두고 얼굴을 맞댄 채 앉아 갑을박론 의견을 주고받고 있는 호위무사들을 느린 시선으로 쓸어봤다.

 주로 의견을 내놓는 쪽은 정성도였고, 그 의견을 되받아치는 사람은 가오성이었다.

 기선을 빼앗기지 않으려는 듯 둘 사이에 오가는 신경전이 꽤나 날카로웠다.

그리고 그 둘을 제외한 다른 이들은 가뭄에 콩 나듯 간혹 자신의 의견을 피력하였고, 좌측 맨 끝자리에 앉은 윤은 두 귀를 활짝 열어놓은 채 지금껏 바보처럼 실실 웃음만 지을 뿐이었다.

"그만들 하십시오. 싸우려고 모인 것이 아니잖습니까."

이쯤에서 접어야 됨을 느낀 건유운이 사람 좋은 미소를 지으며 입을 열었다.

"아니, 누가 싸우고 싶어 싸웁니까! 내가 하는 말마다 저놈이 꼬투리를 잡고 있질 않소!"

심기가 잔뜩 꼬인 정성도가 언성을 높였다.

그에 가오성도 지지 않고 입을 열었다.

"누가 꼬투리를 잡았다 그러오? 꼬투리를 잡은 게 아니라 당신이 하는 말이 모두 개소리니까 지금까지 내가 그걸 지적한 것이 아니오?"

"뭐, 뭐! 개소리? 너, 이 새끼! 미쳤냐?"

"아, 아니, 내 말은 그저… 그냥 말이 그렇다는 겁니다, 말이."

가오성이 정성도의 시뻘게진 얼굴을 보곤 한발짝 물러서는 음성으로 꼬리를 말았다.

"생각해 보시우. 우리의 임무가 아가씨를 호위하는 것인데, 청도문의 문제가 대체 우리랑 뭔 상관이 있다고 아까부터 계속 청도문이 어쩌고 삼합회가 어쩌고 나불거리느냐 이 말이지요, 내 말은. 그건 아가씨께서 어련히 알아서 잘 처리하실 텐데……. 내 말이 틀렸소?"

"하아……."

가오성의 말에 정성도가 입을 떡 벌리곤 허탈한 입김을 뿜어냈다.

사실 틀린 말은 아니었다.

하지만 정성도의 우라질 기분은 좀처럼 식을 기미가 보이질 않았다.

"틀린 말은 아닌 것 같은데."

노적위가 대뜸 대화에 끼어들어 정성도의 두 눈을 싸늘히 노려보며 중얼거렸다.

'이것들이 아주 한통속으로 똘똘 뭉쳐 지랄을 떠는구나! 그래, 실컷 조롱하여라. 어차피 조만간 뒈질 테니 말이다.'

정성도는 노적위의 눈빛을 피하지 않았다.

그저 그를 향해 싸늘한 미소를 지을 뿐이었다.

"자자, 그만 진정들 하십시오. 어쨌든 좋든 싫든 곧 먼 길을 떠나야 하는 상황입니다. 중요한 것은 철혈무가로 돌아오는 그날까지 아가씨의 안전이 최우선이 되어야 한다는 점입니다. 지금껏 그래왔듯 령령 소저께서는 돌아오는 그날까지 아가씨의 곁을 결코 떠나서는 안 될 것입니다."

장내를 진정시키며 건유운이 부드러운 음성으로 말했다.

그러자 거짓말처럼 그 분위기가 한결 밝아졌다.

이 또한 건유운만이 가질 수 있는 능력 중 하나였다.

"명심하겠습니다."

령령이 고개를 숙이며 짧게 대답했다.

"정 대협과 노 소협, 그리고 가 무사님께서는 아가씨가 머무시게 될 거처의 경계를, 윤 소협과 필 조장님께서는 저와 함께 아가씨의 최측근을 지키도록 결정을 내리겠습니다."

지금껏 갑을박론을 펼치던 가오성과 정성도가 무안할 정도로 건유운이 별일 아니라는 듯 너무도 간단명료하게 결론을 내어 버렸다.

"아, 그리고 가 무사님께서는 믿을 만한 외전의 무사님을 몇 명을 추천해 주셨으면 합니다. 먼 여정이라 아무래도 손이 가는 일이 많을 것 같습니다. 아가씨와 가주께는 이미 허락을 받았으니 문제는 없을 것입니다."

"몇 명이나 데려오면 되겠습니까?"

"글쎄요. 그리 많은 인원은 필요없을 듯합니다."

"그럼 제가 알아서 데려오도록 하겠습니다, 호위대장."

"호위대장이라니, 얼굴이 화끈거립니다. 그냥 건 형이라 불러주십시오."

건유운이 손사래를 치며 무안한 표정을 지었다.

"이제 엄연히 우리를 이끄는 대장이 되셨는데, 제가 어찌 예전처럼 호위대장을 대할 수가 있겠습니까. 아니 그렇습니까, 정.대.협?"

가오성이 정성도를 바라보곤 정 대협이란 말에 힘을 주며 말을 했다.

역시나 정성도를 겨냥해 비아냥거리는 말이었다.

    *   *   *

어둠이 세상을 휘어감은 자정녘.
한 사내가 은밀한 동작으로 북호정의 담을 넘었다.

그 후,

얼마의 시간적 간격을 두고 가오성이 북호정의 담을 넘었고, 그 뒤로 약속이나 한 것처럼 건유운과 노적위가 북호정에 그 모습을 드러냈다.

흔한 불빛 하나 없는 칠흑의 내실.

하지만 어둠이 이들의 모임을 방해할 수는 없었다.

"……."

마지막으로 모습을 나타낸 노적위를 향해 윤이 자리를 권했다.

그렇게 모인 네 명의 사내 주변으로 무거운 정적이 흘렀다.

"……."

그 누구도 먼저 입을 열려 하질 않았다.

그래서 분위기는 더욱 가라앉았다.

"중전의 의도가 무엇일까요?"

침묵을 깨며 윤이 홀로 중얼거리듯 대상도 불분명한 질문을 던졌다.

"아무것도 모르는 아가씨에게 청도문의 문제를 맡겨? 홍! 세상 사람 모두가 웃을 일이지. 청도문의 문제는 철혈검대장이 해결을 볼 것이고, 그럼 아가씨는? 당연히 무슨 꿍꿍이가 숨어 있는 거지. 그게 아가씨든 우리든……. 월하정을 기웃거리는 놈들이 갑자기 많아진 것도 같은 연유겠지."

이죽거리는 말투였지만, 가오성은 지금의 상황을 정확히 꿰뚫고 있었다.

아니, 가오성뿐만이 아니라 그 누구도 짐작할 수 있는 사실이

무유화, 청도문으로 향하다 105

었다.

"무작정 길을 떠나기에는 위험이 너무 크다 생각됩니다. 지금이라도 늦지 않았으니 아가씨의 마음을 돌려보시는 것이 어떻겠습니까?"

윤의 앞에서는 어지간하면 입을 열지 않는 노적위가 걱정 어린 음성을 내뱉었다.

"유화의 응어리가 너무 깊습니다. 조금이라도 그 응어리가 풀릴 수 있다면 그리해 주고 싶습니다."

"알겠습니다, 영주."

윤의 기분을 읽은 노적위가 공손히 대답했다.

"그래, 아가씨가 원하시는 일인데 그렇게 하자고. 아가씨는 우리가 지켜드리면 되잖아. 그게 우리의 임무이고. 안 그렇습니까, 대장?"

가오성이 쌓인 고민을 떨쳐 내듯 시원하게 말을 했다.

"옳으신 말씀입니다. 그나저나 외전에 갔던 일은 어찌 되었습니까?"

"그러니까, 그게 좀……."

가오성이 난처한 표정으로 말끝을 흐리자, 그를 대신해 윤이 입을 열었다.

"눈치가 보였을 겁니다. 월하정과 연을 맺고 싶다 해도 중전의 눈이 무서웠을 테니까요."

"그럴 수도 있겠군요. 외전과 중전을 별개로 생각한 속하의 생각이 짧았습니다."

윤의 말을 수긍하며 건유운이 말했다.

"아직 시간이 조금 남아 있으니 많진 않지만 그래도 몇 명은 가능할 겁니다. 어쨌든 그 일은 제 소임이니 끝까지 제가 책임을 지겠습니다."

"그럼 믿고 기다리겠습니다."

"정말 믿을 수 있는 사람이어야 돼."

"걱정 마라. 내가 누구냐? 외전제일무사 가오성이 아니냐. 내가 이래 봬도 외전에 가면 영웅 대접을 받는다고. 흐흐흐······."

분위기를 바꿔보려 던진 말이었지만, 가오성의 말에 거짓은 없었다.

외전의 대부분의 무사들이 가오성을 인정하는 것이 사실이었으니 말이다.

"별일이 없다면 좋겠지만, 그럴 일은 없을 테지요. 중전의 독단적인 계획이라면 다행이지만, 그렇지 않을 경우를 대비해 일어날 수 있는 모든 가정을 세워놓고 길을 떠나야 할 것입니다."

윤이 다시금 독백하듯 홀로 중얼거렸다.

"은영들을 대기시켜 놓겠습니다."

'그놈의 은영, 은영, 은영! 대체 그 은영이 뭐기에 뭔 일만 나면 은영 타령이야!'

또 모르는 이야기가 나오자 가오성이 내심 투덜거렸다.

그런 그의 마음이 그의 표정에 고스란히 드러났다.

"사제······."

"사, 사제? 이, 이 바보 놈이 미쳤나. 이 긴박한 상황에 왜 뜬금없는 사제 타령이야."

윤이 느닷없이 가오성을 향해 사제라 부르자, 그가 당황한 표정으로 더듬거렸다.

"사제……. 사제의 스승이 어떤 분이시지?"

"뜬금없이 갑자기 그걸 왜 물어, 인마?"

이 상황에 전혀 맞지 않는 윤의 난데없는 질문에 가오성의 표정이 더욱 일그러졌다.

"사형이 묻잖아, 사제의 스승이 어떤 분인지?"

윤이 착 가라앉은 음성으로 가오성을 향해 재차 물었다.

그런 그의 음성에서는 한 점의 장난기도 찾을 수 없었다.

비록 장난으로 시작한 사형제지간이었지만, 어느 순간 윤과 가오성은 진정한 사형제가 되어버렸다.

그에 가오성도 뭔가 느낀 것이 있는지 윤의 말을 진지하게 받아들였다.

"그야 물론 노야시지."

"은영사주, 자리 좀 피해주십시오."

"영주……. 다시 한 번 고려해 주실 수는 없겠습니까?"

건유운이 정중한 어투로 윤에게 청했다.

윤이 지금 가오성에게 어떤 말을 하려는지 알고 있었기 때문이다.

가오성을 못 믿는 건 아니었다.

다만 윤의 몸 상태도 좋질 않고 부영주 곽한의 행방도 묘연한 이 상황에서 조금 더 조심을 하고 싶을 뿐이었다.

"죄송합니다."

윤 또한 정중한 어투로 건유운에게 자신의 뜻에는 변함이 없음을 밝혔다.

"아닙니다. 영주의 뜻이 곧 은영의 뜻입니다. 그럼 말씀들 나누십시오. 기다리고 있겠습니다."

그에 어쩔 수 없다는 듯 건유운이 윤을 향해 예를 취한 뒤 노적위와 함께 자리를 피했다.

"……"

그들이 자리를 뜬 뒤, 어색한 침묵이 잠시 감돌았다.

"우리의 정체를 알고 싶다고 했지?"

어색함을 몰아내며 윤이 운을 뗐다.

"물론 그랬지. 하지만 부담스러우면 말하지 않아도 된다. 너의 정체를 알던 모르던 그래도 넌 영원히 내 사형이니까."

"후후후……"

가오성의 진지한 음성에 윤이 가볍게 웃음을 지었다.

"사실 나도 잘은 몰라. 무엇부터 이야기해야 할지도, 내가 누구인지조차도……"

말끝을 흐리는 윤.

가오성은 가만히 윤의 다음 말을 기다렸다.

"혹시 천문이라는 조직을 들어봤어?"

"천문?"

윤의 물음에 가오성이 인상을 살짝 찡그렸다.

천문을 몰라서가 아니었다.

무림에 몸을 담고 살아가는 사람치고 천문을 모르는 자가 없음을 윤 또한 알고 텐데, 갑자기 천문을 거론하는 그의 의도가 궁금했기 때문이다.

"존재하지만 존재하지 않는 곳. 천문은 그저 말하기 좋아하는 호사가들이 만들어낸 상상 속의 문파가 아니냐."

"아니야."

"뭐가 아니란 거야?"

"천문은 뜬소문으로 만들어진 상상 속의 문파가 결코 아니란 말이야."

"뭐?"

말도 안 되는 윤의 말에 가오성의 미간이 잔뜩 좁혀졌다.

"천문은 존재해."

"야, 너 지금 제정신으로 하는 말이냐? 제정신이냐고? 지금 이 상황에서 뭔 뚱딴지같은 소리야, 인마."

가오성이 황당한 표정으로 물었다.

천문이 존재한다니.

어찌 보면 가오성의 반응은 당연했다.

하지만 윤의 표정은 진지하기 그지없었다.

"남들이 용노야라 부르던 할아버지, 그리고 철혈무가의 가주셨던 무진강, 그분들이 바로 천문을 이끌었던 분이셔."

"무, 뭐, 뭐?!"

가오성이 놀라 두 눈을 동그랗게 뜨곤 말을 더듬었다.

얼토당토아니한 말인데, 윤의 음성에서 왠지 모를 진실이 느껴졌던 까닭이다.

하지만 그의 표정이 보기 흉하게 일그러졌다.

"그걸 지금 나보고 믿으라고? 아니, 그래서 너도 천문의 일원이라고 말하고 싶은 거냐, 지금?"

가오성의 물음에 윤이 무겁게 고개를 끄덕였다.

"에라이! 말하기 싫으면 그냥 싫다고 해라, 인마. 어린놈이 다 큰 어른을 가지고 놀려고 지랄이야."

역시나 가오성은 윤의 말을 믿지 않았다.

하지만 윤의 표정과 그의 진지한 음성이 계속해서 마음에 걸리는지 가오성이 물었다.

"그럼 건 형과 적위도 천문의 일원이라는 말이냐?"

"그래."

'그렇다고? 이거 정말 미치겠네. 표정을 보아하니 농담하는 것 같지는 않는데……. 근데 그 말을 내가 어찌 믿을 수 있냐고? 천문이라니! 이 세상천지에 천문이 실제로 존재한다고 믿는 사람이 대체 어디 있냐고!'

"하아……."

가오성이 고개를 절레절레 저으며 한숨을 푹 내쉬었다.

"믿기 어렵겠지만 사실이야."

"그래, 네 말이 사실이라고 치자. 그럼 저자에 떠돌며 내려오는 소문에 의하면 천문 사람들, 일신의 무위가 절대의 경지를 뛰어넘었다 하던데, 어지간한 강호의 고수들도 그들 앞에서는 추풍낙엽처럼 쓰러진다고 그러던데……. 윤아, 그럼 말이다, 그렇게 강한 자들이 왜 지금 이러고 있는 거냐?"

아직도 불신이 가시지 않았는지 가오성이 조금은 삐딱한 말투로 물었다.

"그들은 강해. 상상한 것보다 더욱."

"그러니까. 근데 왜 이러고 있냐고? 그렇게 강하면 천문의 사람들을 불러오면 될 거 아니야. 불러와서 염화탁과 음서서를 몰

무유화, 청도문으로 향하다 111

아내고 철혈무가를 다시 찾으면 될 거 아니냐고."

"믿으라고 강요하진 않아. 다만 알려줘야 할 것 같아서 말한 것뿐이야."

윤이 담담한 음성으로 말을 했다.

"믿을 만한 소리를 해야 내가 믿든지 말든지 하지, 인마. 아니, 사형."

이젠 짜증까지 났는지 가오성이 오만상을 쓰며 투덜거렸다.

하지만 윤의 표정은 시종일관 담담하고 진지했다.

"은영이 뭐 하는 사람인지 물었지?"

"그런데?"

"그들이 바로 천문을 수호하고 이끄는 무사들이야."

"휴우……."

가오성이 결국 고개를 바닥에 떨어뜨리곤 긴 한숨을 내쉬었다.

그리고 두 손으로 한참을 머리를 감싸고 있던 그가 고개도 들지 않은 채 물었다.

"마지막으로 진짜 몇 가지만 물어보자. 휴우……."

가오성이 다시금 한숨을 내쉬곤 이내 말을 이었다.

"정말, 아주 저엉말… 천문이란 곳이 존재하는 거냐?"

"존재해."

"그럼, 거기서 너의 위치는 뭐냐?"

"영주."

"누가 영주라는 걸 몰라서 물어. 건 형도 적위도 만날 너보고 영주라고 떠들잖아."

"그럼 문주라고 해두지."

"……?!"

문주라는 말에 가오성이 고개를 팩 들곤 어둠 속에 잠긴 윤의 얼굴을 빤히 쳐다봤다.

그런 그의 얼굴에 놀람인지 황당함인지 묘한 표정이 묻어 있다.

"무, 문주? 대빵? 이거?"

가오성이 윤을 향해 엄지를 치켜들며 물었다.

그러자 윤이 가볍게 고개를 끄덕였다.

"윤이 네가… 전설 속에나 존재하는 문파의 이거라고? 이거?"

가오성이 엄지를 앞뒤로 까딱까딱 흔들며 재차 물었다.

"이거면 그럼 노야보다도 높은 거네?"

"아니. 할아버지께서는 전대 부영주셨지. 가주께서는 전대 영주셨고. 우린 그들에 의해 키워진 천문의 후인들이고."

'이거 미치겠네. 저놈 말이 정말 사실인 거야?'

그토록 빈정거리던 가오성인데, 그의 표정이 점점 딱딱하게 굳어졌다.

"천문이라는 곳, 아니, 은영이라는 사람들, 정말 강하냐?"

"강해. 그 누구보다 더."

윤의 음성에 확신이 가득했다.

"그렇게 강한 자들이 왜 세상에 그 모습을 드러내지 않는 거냐?"

"그것이 천년을 이어온 약속이라 하더군."

"천년의 약속?"

가오성의 눈매가 가늘어졌다.

"좋아, 그럼 마지막으로 하나만 더 묻자."

가오성의 표정이 진지하기 그지없었다.

조금 전까지와는 확연히 달라진 분위기였다.

"왜 철혈무가를 이대로 방치하는 거지? 세상에 모습을 드러내지 않고도 철혈무가를 바로 잡을 수 있는 거 아니냐? 너희들, 강하다며?"

"더 강한 자들이 있으니까."

"더 강한 자들? 그게 누군데?"

"천외천."

"처, 천외천?"

윤이 딱딱한 낯빛으로 대답하자 가오성이 자신도 모르게 말을 더듬으며 되물었다.

하지만 굳게 닫힌 윤의 입은 더 이상 열리지 않았다.

지금 이 순간에도 천문의 존재를 지우려고 혈안이 되어 있을 천외천을 생각하자 윤의 마음은 점점 더 무거워져만 갔다.

　　　　　*　　　*　　　*

꽤 많은 무사들이 커다란 연무장을 서둘러 가로지르고 있었다.

빠르되 경박스럽지 않은, 그 무공 성취가 남다름을 볼 수 있는 발걸음이었다.

그렇게 그들이 도착한 아담한 전각 중앙에는 빛바랜 현판이 걸려 있었다.

철혈검대(鐵血劍隊).

철혈검대장 안우문이 철혈검대 본관에 마련된 회의장으로 그 모습을 드러냈다.

 그러자 미리 모여 있던 철혈검대 조장들이 그를 향해 절도있게 예를 취했다.

 "앉지."

 안우문이 우수를 까딱이며 명령하자, 조장들은 대답없이 곧바로 착석했다.

 "명일 철혈검대는 청도문으로 향한다. 목적은 청도문을 불시에 타격한 삼합회 제남지부를 응징하기 위해서다. 그리고 다들 알다시피 월하정의 아가씨께서도 철혈검대와 함께 길을 떠날 것이다."

 안우문이 부리부리한 눈매로 조장들 하나하나를 쓸어보며 말을 했다.

 "가주께서는 백도련을 향해 도발을 감행한, 은혜도 모르는 삼합회를 강력히 응징하길 원하신다. 가주의 뜻을 받들어 우린 제남지부를 반드시 쓰러뜨려야만 한다. 타협은 없다. 삼합회에 적을 둔 모든 자들이 철혈검대의 적이며 우린 그들의 목숨을 취할 것이다."

 안우문의 음성에서 한 점의 온정도 느낄 수 없었다.

 "세상의 이목이 제남으로 쏠려 있다. 그렇기에 삼합회 또한 만반의 준비를 하고 우리를 기다릴 것이며, 가는 길목마다 암습을 가할 수도 있을 것이다. 하지만 우린 철혈검대다. 저들이 그 어떤 암중의 술수를 쓰더라도 철혈검대의 길을 막을 순 없다.

철혈염가와 백도련의 안녕이 우리 두 손에 달려 있음을 그대들은 명심해야 할 것이다."

모두가 숨을 죽이고 안우문의 말을 경청했다.

그들 하나하나의 표정에 철혈검대를 향한 무한한 자부심이 묻어 있었다.

수많은 전장을 누빈 철혈검대였다.

그리고 그들은 단 한 번도 철혈무가를 실망시킨 적이 없었다.

살아생전 무진강이 직접 조련한 철혈검대는 지금까지도 철혈무가의 자존심으로 남아 있었다.

안우문의 말이 계속될수록 조장들의 피는 더욱 뜨거워져만 갔다.

그렇게 한참 동안 떠들던 안우문이 자리를 뜬 후 조장들이 하나둘씩 자리에서 일어났다.

"일조장, 시간 좀 내어줄 수 있겠나?"

철혈검대 사조장 단필엽이 일조장 용소진에게 물었다.

"물론입니다, 단 조장님."

훤칠한 키에 호남이라 할 만한 용소진이 으레 환한 미소를 지으며 흔쾌히 대답했다.

단필엽의 거처로 자리를 옮긴 용소진이 차갑게 식은 찻잔을 만지작거렸다.

"그건 역모가 아닙니까?"

용소진이 고개를 숙이곤 무겁게 입을 열었다.

"역모? 대관절 무엇이 역모란 말인가?"

"현 가주가 마음에 들지 않는 것은 저도 마찬가지입니다. 하지만 이제는 철혈무가를 이끌어가는 가주시고, 어쨌든 우리의 주군이 되신 분입니다. 그런데 그런 가주를 부정하다니요. 주군을 부정하는 것이 역모가 아니고 대체 무엇이란 말입니까?"

용소진이 따지듯 물었다.

용소진 또한 다른 철혈검대원들처럼 무진강의 철혈무가가 그립긴 마찬가지였다.

하지만 언제까지 그때만을 그리워할 수는 없었다.

가슴이 아프지만 어쨌든 새로운 시대가 왔고, 그 시대에 적응해 나가는 것이 철혈무가를 지키는 것이라 생각되었기 때문이다.

"우리를 길러주신 가주의 말씀을 따르는 것이 역모란 말인가?"

"그건……."

단필엽의 서늘한 음성에 용소진이 그만 할 말을 잃고 말았다.

하지만 그것도 잠시.

"하나 나타나지도 않을 자를 언제까지 기다리자는 말씀입니까?"

용소진의 얼굴에 답답함이 묻어 있었다.

아직까지 무진강의 그늘에서 헤어 나오지 못하는 단필엽의 고지식함이 그의 가슴을 무겁게 짓눌렀기 때문이다.

그런 그를 한참 동안 말없이 바라보던 단필엽이 침묵을 깨곤 입을 열었다.

"그자를 보았다."

"그, 그게 무슨 말씀입니까?"

순간 용소진이 놀란 두 눈을 부릅뜨곤 자신도 모르게 말을 더

들었다.

"가주의 무상류를 익힌 자를 만났다."

"그, 그게… 어, 어떻게……."

단필엽의 무상류라는 말에 용소진의 놀람은 배가 되었다.

"대, 대체 그자가 누구입니까?"

벼락을 맞은 듯 용소진의 심장이 크게 들썩였다.

"미안하지만 아직 그건 말해줄 수가 없다. 하지만 분명한 것은 내가 그를 만났다는 것이고, 가주께서 전언하신 대로 그자가 가주의 진전을 이었다는 것이다."

'미, 믿을 수 없다. 어, 어찌…….'

불신의 감정이 용소진의 얼굴에 역력히 떠올랐다.

하지만 단필엽은 용소진의 기분을 충분히 이해할 수 있었다.

자신 또한 용소진과 마찬가지였고, 한참의 시간이 흐른 뒤에야 그 감정을 추스를 수 있었다.

"육조장께서도 뜻을 같이하기로 마음을 굳히셨다."

'육조장께서도?'

단필엽의 말에 찻잔을 만지작거리는 용소진의 손끝이 가늘게 떨렸다.

도저히 믿겨지지 않는 말임에도 가슴이 두근거렸다.

이젠 기대조차 하지 않았는데, 더 이상 이 세상에 존재하지 않는 자로 생각했는데 가주의 무상류를 익힌 자가 나타났다니.

"육조장께서도 그자를 만난 것입니까?"

용소진의 두 눈에 갈등의 빛이 역력했다.

"그렇다."

단필엽의 짤막한 대답 후 적지 않은 침묵이 흘렀다.

"혹 월하정의 인물입니까?"

한참을 상념에 빠져 있던 용소진이 두 눈을 매섭게 빛내며 물었다.

단필엽의 행동 변화를 거슬러 기억해 보니, 최종 경합 후의 그의 행동이 석연치 않았기 때문이다.

"내 말을 믿는다면, 내 모든 걸 털어놓을 때까지 조금만 더 기다려 줄 수는 없겠나?"

단필엽은 부정도 긍정도 하질 않았다.

"좋습니다. 그러지요."

믿을 순 없지만 용소진은 단필엽의 말을 믿고 싶었다.

"…이 사실을 아는 자는 누구입니까?"

"나와 육조장, 그리고 너뿐이다."

"가주의 전언이 이루어졌거늘, 왜 모두에게 알리지 않는 것입니까?"

용소진이 미심쩍은 표정으로 물었다.

"그자가 원하기 때문이다. 그리고 철혈검대를 지키기 위해서다."

단필엽이 대답하자 용소진이 다시금 상념에 빠져들었다.

그만큼 그가 받은 충격이 대단함을 의미했다.

"시간을 주십시오."

"그러지."

* * *

"꼭 몸 조, 조심하셔야 돼요, 아가씨."

소은이 눈물을 글썽거리며 훌쩍거렸다.

"죽으러 가는 것도 아닌데 울긴 왜 울어. 그리고 가 무사님께서 옆에서 꼭 지켜주실 건데 뭘 걱정이야. 안 그래요, 가 무사님?"

"예? 아, 아, 그렇지요. 하하! 다, 당연한 말씀입니다."

무유화가 가오성을 향해 뒤를 돌아보곤 한쪽 눈을 찡긋거리자, 가오성이 당황하여 말을 더듬었다.

'서, 설마 노적위 이 새끼, 아가씨한테도 말한 거야?! 아! 쪽팔려 미치겠네. 이 새끼, 정말 완전 촉새새끼가 따로 없네. 아니, 저 촉새만도 못한 새끼. 노적위, 너 이따 한번 보자.'

가오성이 시뻘겋게 달아오른 얼굴로 노적위를 잡아먹을 듯 째려봤다.

그러자 노적위가 두 손바닥을 가오성에게 보이며 두 어깨를 으쓱거렸다.

자신은 아니라는 강력한 부정의 표시였다.

'하여간 밉상이 따로 없다, 저 개놈!'

가오성이 노적위를 향해 어금니를 으드득 갈며 내심 중얼거렸다.

그렇게 짧은 이별의 인사가 끝이 나고, 무유화와 월하정의 호위무사들이 청도문을 향한 첫발을 내디뎠다.

第五章 원치경, 호위무사들을 염탐하다

수호무사

한 사내가 북적이는 저잣거리를 빠르게 빠져나와 어느 외진 곳에 위치한 허름한 객잔으로 서둘러 들어섰다.

그런 그의 얼굴에 긴장감이 역력했다.

객잔에 들어온 사내가 거침없는 발걸음을 놀리며 구석진 밀실의 주렴을 걷어냈다.

"술이 넘어 가오, 지금?"

막 들어온 삼십 중반의 장대한 체구의 사내가 술을 홀짝거리는 사십 줄의 남자에게 볼멘소리로 투덜거렸다.

"칼칼할 텐데 한잔하거라."

사십 줄의 남자가 씩씩거리는 사내에게 슬쩍 미소를 짓곤 술잔을 내밀었다.

"대체 지금 술이 목구멍으로 넘어가냐구요. 에이! 쌍! 한 잔주쇼."

술잔을 넘겨받은 사내가 연거푸 술을 들이켰다.

그마저도 부족했는지 물을 마시듯 술을 병째로 목구멍으로 넘겼다.

그렇게 눈 깜짝할 새 술 한 병을 비운 사내가 입을 쓱 닦곤 크게 트림을 했다.

"왔소. 그들이……. 아마도 해질 무렵이면 마을 어귀에 도착을 할 것이오."

사내가 누가 들을세라 목소리를 한껏 낮추었다.

사내의 이름은 도삼이었다.

머리는 반질반질한 대머리였고, 사람의 기를 질리게 할 정도의 커다란 덩치를 소유한 자였다.

거기에 더해 얼굴에는 섬뜩한 긴 검상까지 나 있어 마치 흉신악살을 연상케 하는 모습이었다.

반대로 도삼의 면전에서 술을 마시는 남자의 모습은 평범하기 그지없었다.

어깨까지 흘러내린 긴 흑발을 제외하곤 저자에서 흔히 볼 수 있는 범인의 모습이었다.

그런 남자의 이름은 원치경이었고, 삼합회 제남지부를 이끌고 있는 중추적인 인물 중 하나였다.

"어찌 움직이더냐?"

잔뜩 긴장한 도삼과 달리 원치경의 표정은 무료하기 그지없었다.

"참, 형님도 대단하오. 남은 똥줄이 다 타들어가는데……. 정말 요만큼의 긴장도 안 되는 거우? 진짜로?"

도삼이 검지 손톱에 낀 때를 엄지로 살짝 밀어내며 물었다.

"왜 긴장이 안 되겠느냐. 다른 누구도 아닌 철혈무가의 철혈검대라는데."

"근데 형님의 표정을 보아하니 옆 동네 유람을 나온 표정이우."

"후후후······."

도삼의 말에 원치경이 피식 웃음을 흘렸다.

그러던 그가 다시 물었다.

"어찌 움직이더냐?"

"철혈검대 일 개 조가 맨 선두에서 척후의 임무를 띠고 움직이고, 그 뒤로 본대가, 그리고 후미엔 무유화의 무리가 따르고 있더이다."

"그게 전부더냐?"

"그럼, 뭐 또 있소? 저 정도인데도 아주 간이 떨려 죽겠는데······."

"덩치는 산만 한 놈이 왜 그리 겁이 많은 것이냐?"

"아니, 겁이 많은 게 아니라, 상부의 처사가 엿 같아서 그런 거 아니오. 일은 자기네들이 다 꾸며놓고 뒤처리는 우리보고 알아서 하라니. 지원군이라도 좀 보내주던가. 쌍! 정말 엿 같은 새끼들 아니오. 사실 말이야 바른 말이지, 철혈검대랑 삼합회 제남지부랑 싸움을 벌이면 결과는 뻔한 거 아니오."

"후후, 그 뻔한 결과라는 것이 무엇이냐?"

원치경이 재미있다는 듯 미소를 지으며 물었다.

"몰라서 그러우?"

"모르니 묻는 것이 아니냐."

"모르긴 뭘 모르오. 시작하자마자 그냥 개박살 나는 거지. 철혈무가의 철혈검대를 모르오? 저 새끼들, 완전 독종 중에 독종들이 아니오. 동네 파락호 새끼들 잔뜩 모아놓은 제남지부랑은 차원이 애초부터 다른 새끼들이라니까요."

"후후후……."

침까지 튀겨가며 말하는 도삼의 모습이 우스웠는지 원치경이 웃음을 참지 못했다.

그런 그의 웃음을 가만히 바라보던 도삼이 입을 잘끈 깨물곤 심각한 음성으로 말했다.

"형님, 그냥 튑시다, 우리."

"내 집을 놔두고 어디로 튄다는 말이냐?"

"쌍! 저게 우리 집이오, 저 새끼들 집이지? 돈도 어지간히 챙겼으니 이 정도면 어디를 가더라도 떵떵거리며 살 수 있을 것이 아니우. 그러니 형님, 이쯤에서 우리 손 뺍시다. 괜히 이 싸움에 말려들었다간 졸지에 인생 피곤해질 수도 있음이오. 모르긴 해도 제남지부에 밥 빌어 처먹으러 온 놈들 대부분도 다 나와 같은 생각일 거우."

도삼이 두 눈을 데굴데굴 굴리며 말했다.

그런 그의 이름을 원치경이 은근한 음성으로 불렀다.

"도삼아……."

"왜 그러우?"

"…죽기야 하겠느냐."

"하! 참, 답답하오. 누가 죽는다고 그랬소? 인생 피곤해질까 봐 그렇지. 아, 썅! 나도 모르오. 형님 마음대로 하쇼. 뭔 말이 통해야 대화를 하든 말든 하지."

도삼이 신경질적으로 몸을 옆으로 팩 돌렸다.

그러던 그가 주렴 밖을 향해 일갈을 내질렀다.

"야! 술 가져와!"

     *   *   *

용풍객잔주의 입이 좌우로 길게 찢어졌다.

파리만 날리던 객잔에 갑자기 백여 명이 넘는 손님이 일시에 들이닥친 까닭이다.

더구나 그 손님들이 철혈무가를 대표하는 철혈검대였으니, 잘하면 한몫 단단히 챙길 수 있는 기회였던 것이다.

"부르셨습니까, 나리."

안우문의 부름에 용풍객잔주 방일춘이 그에게로 황급히 달려와 머리를 깊이 조아렸다.

"돈은 걱정 마시고 대원들이 원하는 것이 있으면 뭐든 들어주시오. 그리고 먼 길을 오느라 말들도 많이 지쳤을 테니 각별히 신경 좀 써주시오."

"여부가 있겠습니까. 성심을 다해 모시겠습니다요, 나리."

방일춘이 연신 허리를 굽실거렸다.

안우문이 그런 그에게 몇 가지 당부를 더 하고는 이내 시선을 돌려 버렸다.

원치경, 호위무사들을 염탐하다 127

"곧 청도문에 도착할 것이니 불편하시더라도 조금만 더 참아주십시오, 아가씨."

안우문이 여독에 지친 무유화의 안색을 바라보며 조심스럽게 입을 열었다.

지금껏 철혈무가를 떠난 적이 없는 무유화로서는 여간 힘든 여정이 아닐 수 없었다.

"전 괜찮으니 걱정 마십시오. 저 때문에 대장님을 비롯해 대원들이 불편한 것 같아 그저 죄송할 뿐입니다."

"그 무슨 말씀이십니까. 행여 그런 생각을 가진 대원이 있다면 제가 결코 용서치 않을 것입니다."

안우문이 사뭇 엄한 표정으로 단호한 음성을 토해냈다.

"내일 날이 밝는 대로 저와 본대는 길을 떠날 것입니다. 아가씨께서는 이곳에서 하루 더 머무르신 후 용 조장과 함께 길을 나서면 될 것입니다."

안우문이 말하자 무유화가 가볍게 고개를 끄덕였다.

"자네들은 신명을 다해 아가씨를 모셔야 할 것이다. 혹 아가씨께 한 점 불미스러운 일이라도 생긴다면 내 직접 너희들을 단죄할 것이니라. 알겠느냐?"

"명심하겠습니다."

안우문이 무유화의 뒤편에 공손히 시립해 있는 건유운과 령령을 번갈아 쳐다보며 위엄 가득한 음성을 내뱉자, 건유운이 고개를 가볍게 숙이며 짧게 대답했다.

그 모습을 잠시 일견한 후 안우문이 무유화 옆에 앉아 음식을 우적우적 씹는 윤을 바라보았다.

"으음……."

윤을 바라보는 안우문의 입에서 절로 한숨이 토해졌다.

그러던 그가 무유화를 향해 입을 열었다.

"그럼 아가씨, 저는 대원들을 살펴보도록 하겠습니다. 그리고 입에 맞지 않으시더라도 많이 드셔야 합니다. 여독을 푸는 데는 잘 먹고 푹 쉬는 것이 최고이니 말입니다."

안우문이 내실을 빠져나간 후 바보처럼 실실거리며 음식을 연신 입에 쑤셔 넣던 윤의 눈빛에 또렷한 초점이 잡혔다.

"힘들지?"

"아니, 괜찮아."

윤이 묻자 무유화가 대답했다.

"시장하실 텐데 다들 앉으세요."

"괜찮습니다, 아가씨."

"제가 불편해서 그래요. 혼자 이 많은 음식을 다 먹을 순 없잖아요."

"앉으십시오."

윤이 재차 청하자 그때서야 건유운과 령령이 조심스럽게 자리에 앉았다.

"맛있겠다."

무유화가 고운 두 손을 싹싹 비비며 입맛을 다셨다.

"실망하진 말고……."

"뭔 실망?"

윤의 뜬금없는 말에 무유화가 고운 아미를 찡그렸다.

"후후, 잠깐 둘러보고 올게. 많이 먹어둬. 철혈검대장 말처럼 배가 든든해야 여독이 빨리 풀리거든."

"어딜 가려고?"

자리에서 일어서려는 윤의 소매를 붙잡곤 무유화가 말했다.

"금방 올게."

윤이 무유화의 손을 조심스럽게 떼어놓으며 내실을 빠져나갔다.

"음식이 이렇게나 많은데 더 먹고 가지……."

무유화가 아쉬운 낯빛으로 중얼거렸다.

하지만 그것도 잠시, 그녀가 기다란 젓가락을 들곤 맛깔스럽게 차려진 음식을 하나 집어 들어 입으로 쏙 가져갔다.

그런데,

'헉…….'

순간 무유화의 표정이 보기 흉하게 일그러졌다.

그 모습에 령령이 당황하여 입을 열었다.

"왜 그러세요, 아가씨?"

"아, 아니… 그, 그게……."

무유화가 난처한 표정으로 말을 더듬자, 령령이 고민스런 표정으로 고개를 갸웃거리다 무유화가 그랬던 것처럼 젓가락을 들곤 음식을 입을 가져갔다.

"으음……."

령령의 입에서 가벼운 신음성이 새어 나왔.

참으로 고약한 맛이었다.

방금 전 윤이 던진 실망하지 말란 뜻을 이해할 수가 없었는데, 이제가 그 의미를 알 수 있었던 것이다.

객잔 주변으로 경계를 서는 철혈검대원들이 뿜어내는 날이 선 기세가 넘실거렸다.
"어디를 가려고 하느냐?"
한 철혈검대원이 실실거리며 걸음을 옮기는 윤을 막아서곤 물었다.
"노, 놀러. 헤헤."
"들어가거라. 놀려고 이곳까지 온 것이 아니니 말이다."
"다, 답답한데."
윤이 계속 머뭇거리자, 철혈검대원이 인상을 쓰며 다시금 경고했다.
"이놈, 여기가 철혈무가인 줄 아느냐? 이곳이 어딘 줄 알고 투정이더냐? 어서 들어가지 못할까."
"시, 싫은데……."
"허허! 이놈이 정말."
도통 말이 통하지 않는 윤 때문에 철혈검대원이 얼굴을 살짝 찡그렸다.
그때였다.
"어디를 가려 하는 게냐? 나도 답답하던 차였는데 잘되었구나."
느닷없이 등장한 단필엽이 윤을 향해 말을 건넸다.
"잠시 바람 좀 쐬고 올 터이니 그리 알고 있거라."
"알겠습니다. 조심히 다녀오십시오."

철혈검대원이 단필엽을 향해 깊은 예를 취하며 길을 열어주었다.

윤과 단필엽이 용풍객잔에서 한참을 걸어 당도한 곳은 작은 내가 흐르는 한적한 곳이었다.
달빛 내려앉은 냇가 주변의 풍경이 더없이 평온해 보였다.
그 모습을 잠시 감상하던 윤이 조심스럽게 입을 열었다.
"중전의 의도가 의심스럽습니다."
"나 또한 그 의도가 의심스럽기만 하다."
단필엽이 흐르는 냇물에 시선을 고정한 채 말했다.
"철혈검대가 제남지부로 향하는 것을 이미 알고 있을 텐데 왜 아무런 움직임도 없는 걸까. 제남지부를 버리려는 의도가 아니고서야……."
잠시 상념에 빠져 있던 단필엽이 독백하듯 홀로 중얼거렸다.
"단 조장께서 제남지부를 이끄는 수장이시라면 철혈검대와 맞서시겠습니까? 아니, 삼합회를 이끄는 수장이시라면 백도련과 전면전을 펼치시겠습니까?"
윤이 묻자 단필엽이 냇가에 고정했던 시선을 들어 윤의 옆얼굴을 빤히 바라봤다.
"만약 저라면 그럴 자신이 없습니다."
"그런 강단도 없는 자들이 청도문은 그럼 왜 건드렸겠나."
"그건 저도 모르겠습니다. 하지만 이득이 없는 싸움은 일어나지 않는 법이라 들었습니다. 무언가 득이 있기에 청도문을 건드린 것이 아니겠습니까."

"으음……."

단필엽이 엷은 신음성을 내뱉었다.

현 상황을 심도 있게 해석하려는 윤의 태도에 짐짓 놀랐던 까닭이다.

"그렇다면 네 생각에는 이 상황이 이대로 종료가 될 것 같더냐?"

"제 생각은 그리 중요한 것이 아닙니다. 제 유일한 임무는 유화를 지키는 것이니까요. 그래도 제 대답을 원하신다면 저들의 목적은 철혈검대가 아닌 월하정이 될 것입니다."

"아가씨를?"

"유화가 될 수도 있고 월하정의 무사들이 될 수도 있는 일이 겠지요."

"저들이 왜?"

단필엽이 잔뜩 인상을 쓰곤 물었다.

"확실한 건 없습니다. 하지만 제 스스로 장담할 수 있는 건, 월하정의 적은 삼합회가 아닌 중전이라는 것입니다."

"그 말은 이 상황이 준비된 계획 아래 이루어진 것이란 말이냐?"

"방금 전 말씀드렸듯 확실한 건 없습니다. 그저 제 느낌을 말씀드린 것뿐입니다."

윤이 남남한 음성으로 말을 했다.

"철혈검대장을 믿습니까?"

"……."

윤의 물음에 단필엽은 아무런 대답도 하질 않았다.

"그럼 용 조장은 어떻습니까?"

"너를 만나기를 원하고 있다."

"믿을 수 있냐를 물었습니다."

다소 건방진 말투처럼 들렸지만, 놀랍게도 단필엽은 그런 윤의 음성에서 철혈무가의 전대 가주인 무진강의 위엄을 느꼈다.

"물론이다."

"그럼 되었습니다. 조만간 제가 그를 만나겠습니다. 이전에도 말했듯, 철혈검대를 부탁드립니다."

"그건 걱정이 아니다만, 저들이 원하는 것이 월하정이라면 정말 큰일이 아닐 수 없구나. 행여 불미스러운 일이라도 생길 수 있으니 당장 대장께 건의하여 내가 아가씨 곁을 지키도록 하겠다."

"철혈검대장을 믿으신다면 그렇게 하시지요. 하지만 만약 그렇지 않다면 오히려 유화의 안전에 해가 될 수도 있을 것입니다."

윤이 차분한 어조로 말을 했다.

"판단은 단 조장께서 하시는 것이겠지만, 이것만은 알아두셨으면 합니다."

"……?"

순간 두 사내의 시선이 허공에서 부딪쳤다.

"제가 믿는 사람은 오직 월하정의 호위무사들과 단 조장뿐입니다."

*   *   *

여명이 밝지 않은 새벽녘.

그 기세가 사뭇 드센 험악한 인상의 사내들이 허름한 관제묘로 속속들이 그 모습을 드러냈다.

그렇게 모인 사내가 대략 이십여 명 안팎이었다.

그 중심에 도삼이 있었다.

'하아! 이런 약골 새끼들을 데리고 대체 뭘 어떻게 하라는 거야. 쌍!'

도삼이 모인 수하들을 한번 쓸어보곤 고개를 푹 숙이며 내심 푸념을 늘어놓았다.

"휴우! 야, 잘 들어."

도삼이 길게 한숨을 내쉬곤 입을 열었다.

"하아! 나도 그렇지만 니들 정말 엿같이 생겼다. 보는 데도 겁난다, 겁나."

"얼굴로 반은 먹고 들어가야 하는데 그 정도는 되어야죠. 안 그렇습니까. 흐흐."

한 사내가 희멀건 이를 드러내며 음흉한 웃음을 지었다.

그 인상만을 본다면 그의 이마에 '나 악인이오' 하고 쓰인 것처럼 정말 겁나게 생긴 사내였다.

"어련하시겠냐, 씹째야. 당연히 그래야지. 휴우……."

얼굴을 마주한다는 것 자체가 짜증이라는 듯 도삼이 다시금 고개를 푹 숙였다.

도삼은 정말 오늘 일은 결코 해서는 안 되는 일처럼 느껴졌다.

아무리 철혈검대가 다 빠진 상황이라지만, 소문을 듣자 하니 월하정 호위무사의 개개인의 능력이 철혈검대를 뛰어넘는다 하던데.

이건 정말 짚을 지고 불속으로 뛰어들어 가는 것과 하등 다를 것이 없어 보였다.

'대체 형님은 뭔 생각을 하고 있는 거야! 그냥 몰래 튀자니까. 하아, 정말 미치겠네.'

원치경을 생각하자 또다시 짜증이 솟구치는 도삼이었다.

그렇게 얼마의 시간이 흐르고, 도삼이 자포자기의 심정으로 입을 열었다.

"다들 알지, 우리랑 철혈검대랑 조만간 한판 뜨는 거?"

"흐흐흐, 당연하지요. 이번 일만 잘 해결되면 한몫 크게 잡는 거 아닙니까."

"너 철혈검대가 뭔지는 아냐?"

만면에 웃음이 가득한 한 사내를 바라보며 도삼이 어이가 없는지 물었다.

"부지부장님도 참, 세상천지에 철혈검대를 모르는 사람이 어디 있습니까."

"아셔? 아는데 그런 소리가 나오십니까? 대체 우리가 뭔 수로 이번 일을 잘 해결해, 인마."

"지부장님과 부지부장님이 계시지 않습니까?"

정말 겁나게 생긴 사내인데 우습게도 도삼 앞에서만큼은 그가 너무도 온순한 양처럼 보였다.

"내가 뭔 말을 하겠니. 그래, 잘해보자. 이번 일 잘 해결해서 크게 한몫 잡아라. 알긋냐?"

"존명!"

이곳저곳에서 힘찬 대답이 터져 나왔다.

똥줄이 타는 도삼과 달리 그런 그들의 표정에선 한 점 두려움도 찾아볼 수가 없었다.

그만큼 사내들은 원치경과 도삼을 굳게 믿고 있었다.

"존명은, 썅! 내가 그거 하지 말랬지."

"알겠습니다."

"휴우, 하여간 오늘, 아니, 조금 뒤 우리는 철혈무가의 무남독녀인 무유화를 납치한다. 우리의 임무는 오직 그거다. 알았냐?"

"……?"

"뭘 봐?"

자신을 빤히 쳐다보는 사내들을 향해 도삼이 짧게 물었다.

"끝입니까?"

"끝이지, 그럼. 뭐, 금방 내가 다 이야기했잖아. 무유화를 납치할 거라고."

"뭐, 전술이라든지 계획 같은 건 없습니까? 무유화를 지키는 호위무사들도 엄청 세다면서요? 물론 지부장님과 부지부장님이 계시니까 걱정은 없습니다만."

'믿지 마라, 제발, 이 씨방새들아.'

자신을 믿는다는 수하들의 말에 도삼의 머리는 더욱 지끈거렸다.

그러던 그가 고개를 크게 끄덕이며 입을 열었다.

"계획? 있지. 아주 제대로 된 계획이 하나 있지. 아암."

원치경, 호위무사들을 염탐하다

도삼의 말에 사내들이 기대감에 잔뜩 젖은 표정으로 그를 쳐다봤다.

그런 도삼이 두 눈을 게슴츠레 뜨곤 입을 열었다.

"우리의 전술은 삼십육계다. 안 된다 싶으면, 아니, 죽기 싫으면 알아서 튀어라. 알았냐? 끝!"

*   *   *

철혈검대 본대가 객잔을 떠난 하루 뒤 여명이 밝는 새벽녘, 여느 때처럼 무유화 일행이 간단하게 행장을 꾸려 길을 나섰다.

가벼운 경장 차림에 검은 면사로 안면을 가린 무유화 주변은 월하정 호위무사들이 겹겹이 에워싸고 있었다.

그리고 철혈검대 일조 대원들이 반씩 나뉘어 반은 전방을, 반은 후방을 경계하며 길을 재촉했다.

그렇게 반 시진가량을 이동했을 때다.

저 먼 곳에서 한 인영이 희뿌연 먼지를 일으키며 무유화 일행을 향해 다급히 말을 몰고 다가왔다.

다가온 인영은 철혈검대 팔조 소속의 대원이었다.

"용 조장께 아룁니다."

"무엇인가?"

용소진이 대원의 심상치 않는 표정을 보고 다급히 물었다.

"삼합회의 인물들이 나타나 본대를 공격하고 있습니다. 대장께서 급히 본대로 합류하라 명하셨습니다."

"상황은?"

용소진이 짧게 물었다.

"삼합회 본단의 인물들이 대거 나타난 듯싶습니다. 그들의 무위가 결코 범상치 않아 보였습니다. 그리고 그 수가 워낙 많아 결과를 예측키가 어렵습니다. 서두르셔야 합니다."

수하의 보고에 순간 용소진의 시선이 무유화에게로 향했다.

"어서 가보셔요."

무유화가 다급히 말을 했다.

하지만 용소진은 쉽사리 입을 열지 못했다.

어제 단필엽이 객잔을 떠나기 전 자신에게 했던 말이 문득 떠올랐던 까닭이다.

"그 어떤 일이 벌어져도 절대 아가씨 곁을 떠나서는 안 된다. 철혈검대가 몰살을 당하는 상황일지라도 용 조장 넌 아가씨를 지켜야 할 것이다. 알겠나?"

용소진의 미간에 깊은 골이 파였다.

고민이 아닐 수 없었다.

"조장님……."

그때 수하 하나가 용소진을 재촉했다.

"아가씨를 부탁하오."

고민을 떨쳐 낸 용소신이 건유운을 바라보며 말했다.

그러자 건유운이 고개를 살짝 끄덕이곤 어서 가보라는 손짓을 했다.

"일조 대원들은 전력으로 본대에 합류한다!"

순간 용소진의 입에서 커다란 일갈이 터졌다.

그리고 일갈이 떨어지기가 무섭게 거친 말발굽 소리가 대지를 쩌렁쩌렁 울렸다.

* * *

인적이 드문 야산.

초록의 싱그러움 속에 이름 모를 산새들의 지저귐이 끊임없는 소란을 일으켰다.

참으로 평화로는 풍경이 아닐 수 없었다.

유람을 나온 상황이라면 한 번쯤 말에서 내려 이토록 조화로운 자연과 무언의 대화를 주고받으며 즐거움을 나눌 법도 한 일이었다.

하지만 이토록 아름다운 경치를 눈앞에 두고도 윤을 비롯해 월하정 호위무사들은 잔뜩 긴장감에 젖은 상태였다.

청도문까지의 여정이 무난할 것이라고는 아무도 생각 안 했지만, 철혈검대가 위험에 빠질 정도의 상황이 올 것이라고는 전혀 생각을 하지 못했던 까닭이다.

"용 조장까지 불러들일 정도라면 삼합회 놈들, 정말 백도련을 상대로 전면전이라도 치르려는 건가."

가오성이 미간을 찌푸리며 중얼거렸다.

"형님, 이제 우린 어찌 되는 겁니까?"

이번 여정을 위해 가오성이 외전에서 데려온 천만득이 가오성 곁으로 바짝 다가와 귓속말로 속삭였다.

그런 그의 표정이 초조함에 잔뜩 얼어 있었다.

"뭘 어떻게 되긴 어떻게 돼. 될 대로 되는 거지."

"하아! 지금 그걸 말이라고 하는 겁니까?"

천만득이 답답한 듯 인상을 팍 찡그리곤 말했다.

"그러니까 내가 안 온다고 그렇게 말했는데, 별일없을 거라고 그렇게 꼬드기더니만……."

"이놈이, 내 언제 널 꼬드겼어, 인마?"

행여 누가 들을까 봐 가오성이 천만득을 향해 두 눈을 부라리며 위협을 가했다.

그렇게 가오성과 천만득이 귓속말로 티격태격 쉬질 않고 떠들던 어느 순간이었다.

'살기?'

윤이 눈빛을 빛내며 촉각을 곤두세웠다.

그 누구도 느끼지 못한 살기였다.

하지만 천살성을 가지고 태어난 윤은 그 미약한 기운을 결코 놓치지 않았다.

우웅—

주인의 변화를 감지했음인가.

순간 용혈검의 검신이 미세하게 떨렸다.

"무슨 일입니까?"

윤의 변화를 눈치챈 선유운이 그의 곁으로 와 물었다.

"이방인들입니다."

윤이 긴장의 고비를 늦추지 않고 대답했다.

"으음……."

윤의 말에 건유운이 짧은 신음성을 내뱉곤 빠르게 노적위와 령령을 향해 눈치를 주었다.

그러자 노적위와 령령이 약속이나 한 듯 말에서 뛰어내려 신속한 동작으로 덤불진 숲 속으로 몸을 날렸다.

그렇게 얼마의 시간이 흘렀을까.

숲 속으로 사라졌던 노적위와 령령이 동시에 그 모습을 드러냈다.

"……."

노적위가 건유운과 윤을 번갈아 쳐다보며 고개를 느릿하게 끄덕였다.

그 눈빛의 의미는 지근거리에 적이 숨어 있음을 말하고 있었다.

"무슨 일입니까?"

잠자코 상황을 지켜보던 무유화가 건유운에게 물었다.

"예상대로 적이 숨어 있는 듯합니다. 별일은 없을 것이니 너무 심려치 마십시오."

건유운이 행여 무유화가 놀라기라도 할까 그녀를 안심시켰다.

하지만 무유화가 바보가 아닌 이상 지금의 상황을 눈치 못 챌리가 없었다.

"……."

순식간에 사방이 침묵에 휩싸였다.

그럴수록 긴장감은 더욱 팽배해졌고, 뜨겁게 달구어진 피가 혈맥을 빠르게 타고 돌았다.

그렇게 일각여나 지났을까.

"……"

당당한 걸음걸이로 대놓고 그 모습을 드러내는 일단의 무리.

대단한 자신감이 아닐 수 없었다.

아니, 어쩌면 무명에 가까운 월하정 호위무사들을 상대하는데 이렇게나 많이 몰려온 것이 오히려 그들에게는 창피함이 될 수도 있으리라.

"괜찮을 거니까 걱정 안 해도 돼."

윤이 싸늘한 눈초리로 다가오는 일단의 무리를 바라보곤 겁에 질려 있을 무유화를 걱정하며 말을 했다.

"나 겁나지 않아. 지켜준다고 했잖아."

무유화가 제법 당찬 음성으로 말을 했다.

이런 긴박한 상황에도 불구하고 검은 면사 속에 언뜻 보이는 그녀의 얼굴에는 엷은 미소마저 감돌고 있었다.

그만큼 무유화는 윤을 믿고 있고 있었다.

"……"

윤 또한 면사 속에 감춰진 무유화의 두 눈을 가만히 응시하며 편안한 미소를 지어 보였다.

"후후후, 저놈들의 몸값이 대체 얼마던가? 두당 한 관이었으니, 가만 보자. 끌끌, 하루 일당치고는 제법 되는구나."

무리를 이끄는 수장 격으로 보이는 반 복면의 사내가 탐욕의 눈빛으로 월하정의 인물들을 쓸어봤다.

반백의 긴 머리와 탁하게 갈라진 음성으로 보아 적지 않은 나이로 보이는 사내였다.

평범한 키에 호리호리한 체형이었고, 특이한 것은 왼쪽 눈에 검은 안대를 했다는 점과 무척 단단하게 보이는 거뭇거뭇한 빛깔의 지팡이를 지니고 있는 것이었다.
"어찌할까? 날도 더운데 알아서 목을 내어놓을 테냐, 아니면 질펀하게 한판 놀아볼 테냐?"
사내가 한껏 여유를 부리며 말을 했다.
그뿐만이 아니라, 그 주위에 있는 모든 사람의 표정이 사내의 그것과 비슷했다.
하지만 반대로 낯선 이들을 바라보는 월하정 무사들의 표정은 긴장감에 딱딱하게 굳어 있었다.
반드시 지켜야만 하기에 월하정의 무사들이 갖는 부담감은 클 수밖에 없었다.
"대마두 혈불(血佛)……. 환갑을 넘긴 나이로 아는데, 나이에 안 맞게 그 복면은 무엇입니까? 후후."
복면인들과 가장 가까운 거리에 있는 노적위가 비릿한 미소를 지으며 입을 열었다.
그러자 혈불의 굵직한 두 눈썹이 꿈틀거렸다.
"젊은 놈이 눈썰미가 제법이구나."
'혀, 혈불?'
혈불이라는 소리에 천만득의 입이 저절로 쩍 벌어졌다.
아니, 그와 같이 여정에 참여한 외전무사들도 놀란 두 눈을 부릅뜨곤 두 어깨를 부들부들 떨었다.
혈불.
말 그대로 악으로 똘똘 뭉친 대마두였다.

떠도는 풍문에 의하면, 불가의 제자였던 그가 우연히 마공서를 얻어 호기심에 그 무공을 연성하다 주화입마에 빠져 파계를 당해 대마두가 되었다 하던데, 그 진위 여부는 아무것도 밝혀진 것이 없었다.

하지만 분명한 사실은 혈불의 먹잇감으로 선택된 자치고 지금껏 살아남은 자가 없다는 것이다.

아니, 이십여 년 전 혈마와 싸워 이긴 자가 있었으니, 그가 바로 용혈검 용사량이었다.

그 싸움으로 혈불은 안타깝게도 용사량의 용혈검에 의해 왼쪽 눈을 잃어야만 했다.

어쨌든 천하팔검의 명성에는 미치지 못했지만, 혈불의 악명은 강호를 떨쳐 울릴 만한 것이었다.

그렇기에 어찌 보면 외전의 무사들이 전신을 부들부들 떠는 것이 당연한 결과라 할 수 있었다.

"눈알은 하나 빠져 안대를 한 것이겠고, 비수가 감춰진 묵혈장(墨血杖)을 지니고 있으니 대놓고 내가 대마두 혈불이다 하고 떠벌리는데 모르면 오히려 내가 병신이 아닙니까. 안 그렇습니까, 혈불 선배?"

돌려서 말했을 뿐이지 노적위는 대놓고 혈불을 병신이라 조롱하고 있었다.

그 사실을 모를 리 없는 혈불의 안색이 시커멓게 죽어버렸다.

"병신? 선배? 대가리에 피도 안 마른 이 육시를 당해도 시원찮을 새파랗게 어린 새끼가, 감히 나 혈불에게 병신? 선배? 네놈이 아무래도 곱게 뒈지기는 싫은 모양이로구나."

"후후……."

혈불의 윽박질에 노적위가 피식 비릿한 웃음을 지었다.

전혀 예상치 못한 상황이었다.

몸을 벌벌 떨며 살려달라고 애원을 해도 시원찮을 판에 저런 웃음이라니.

혈불이 순간 황당함에 두 눈을 동그랗고 뜬 것도 어찌 보면 무리는 아니었다.

하지만 정작 혈불보다 더 황당한 자들이 있었으니, 그들은 바로 천만득을 비롯한 외전의 무사들이었다.

"혀, 형님, 이제 어, 어떡합니까. 빨리 도망이라도 가야 하는 거 아니오? 이러다 우리 다 죽겠소."

천만득이 오한이 난 사람처럼 벌벌 떨며 가오성에게 매달렸다.

"흥! 혈불 좋아하네. 쌍! 스승님이 왼쪽 눈알을 자비로 파내셨으니 남은 눈알은 그럼 내 몫인가?"

무슨 생각을 하는지 가오성의 한쪽 입꼬리가 길게 찢어졌다.

그 모습에 천만득이 이건 무슨 개소리인가 싶어 떨리는 음성으로 중얼거렸다.

"지, 지금 뭐, 뭔 헛소리를 하는 겁니까. 스승님은 뭐고 대체 뭔 눈깔이 형님 몫이라는 거요?"

"아이, 쌍! 정신 사나우니까 제발 좀 그만 떨어, 새꺄! 죽을 일 없을 테니까! 그리고 너!"

"왜, 왜 그러우?"

"제가 누구냐?"

가오성이 무유화 곁을 굳건히 지키고 있는 윤을 검지로 가리키며 물었다.

"누구긴 누굽니까? 바보 윤이지."

"큭큭큭, 그렇지. 저놈이 바로 바보 윤이지?"

가오성이 만면에 기괴한 웃음을 지으며 중얼거렸다.

천만득은 도무지 가오성의 행동을 이해를 할 수가 없었다.

가오성의 무공이 갑자기 강해진 것은 알지만, 그래도 어찌 혈불 앞에서 이토록 태연할 수 있는지 좀처럼 납득하기 힘들었던 까닭이다.

어디 가오성뿐인가.

조금 뒤면 곧바로 파리 목숨으로 전락할 판인데 혈불 면전에서 저토록 건방을 떨다니, 천만득의 두 눈에 비친 노적위는 그야말로 경악 그 자체였다.

그런 천만득의 두 귀로 가오성의 음성이 파고들었다.

"저 바보가 있는 한 우린 절대 안 죽는다. 그러니 걱정 마라. 큭큭!"

'이 형님, 이거 정말 돈 거 아녀?'

가장 앞선 위치에서 혈불 일행과 대적하고 있는 노적위와 령령.

그들의 피가 뜨겁게 끓어오르고 있었다.

혈불의 심기를 건드린 것이 과연 잘한 일인지 노적위는 혼란스러웠다.

혈불은 결코 만만한 상대가 아니었다.

쉽게 쓰러뜨릴 수 있는 자도 아니었고, 어쩌면 자신이 혈불의 묵혈장에 죽음을 맞을 수도 있는 일이었다.

"……."

빠르게 그 수를 헤아려 보니 스물넷이었다.

그 모습들이 너나 할 것 없이 여유로웠다.

어떤 이는 팔짱을 낀 채 비웃음을 흘렸고, 또 어떤 이는 옆의 동료와 농을 주고받고 있었다.

대단한 자신감.

그만큼 저들의 실력이 대단하다는 반증이다.

누구일까.

사실 노적위는 저들의 정체가 궁금했다.

혈불의 정체도 내심 그럴 것 같다는 직감으로 한번 떠본 것뿐이었다.

운이 좋아 혈불로부터 실토를 받아낸 꼴이었다.

'퇴로를 막을 필요도 없다는 말인가?'

노적위가 내심 생각했다.

도망을 갈 테면 가보라는 식이다.

자신들을 부처님 손바닥 안의 손오공쯤으로 생각하고 있는 듯했다.

"조심하거라. 혈불과 같이 행동을 하는 자들이라면 적어도 팔악칠흉(八惡七兇)에 버금가는 자들일 테니……."

어느새 노적위와 령령 곁으로 다가온 건유운이 두 팔을 길게 늘어뜨리곤 속삭이듯 말했다.

'어째서 저들이 이 상황에 나타난 것일까. 삼합회의 인물들

이 아니거늘……. 진정 중전의 짓이란 말인가.'

사람 좋은 미소만 짓던 건유운의 얼굴에 싸늘한 한기가 무럭무럭 피어올랐다.

천하팔검의 일좌를 차지한 섬서일검 이시백과도 당당히 맞서려 했던 건유운이다.

사실 은영칠주(隱影七主)는 그 일신의 무위가 이미 절대의 경지를 뛰어넘은 자들이다.

그렇기에 상대가 혈불이라 해도 감히 건유운의 피를 끓게 만들 수는 없었다.

하지만 그도 인간인지라 만약 저 많은 상대가 팔악칠흉에 버금가는 자들이라면 그 승부를 장담할 수가 없었다.

"요놈들 봐라. 저놈들은 구경만 하고 너희들만 덤비는 것이냐? 이놈들이, 아주, 우리를 호구로 생각하는구나. 귀면 동생, 이 상황을 어찌 생각하는가?"

"그게 뭔 상관입니까, 혈불 형님. 날도 더운데 얼른 목이나 따고 금자나 받으러 갑시다."

혈불의 귀면이라는 말에 건유운의 표정에 어두운 그늘이 드리웠다.

예상은 했지만 역시나 칠흉 중 일인인 귀면이 이 자리에 있는 것이다.

"팔악칠흉께서 이곳에 다 모이셨다면 어차피 죽을 목숨. 이 말학 후배, 죽기 전 궁금한 것이 하나 있는데, 이 후배의 궁금증을 풀어줄 수는 없는지요?"

건유운이 담담한 어조로 물었다.

"저놈과 달리 그나마 예의에 밝은 놈이로구나. 그래, 궁금한 것이 무엇이더냐? 내 기꺼이 대답해 주마. 더불어 내 각별히 네놈에게는 고통없는 죽음을 선사해 주마."

혈불이 기특하다는 듯 제법 너그러운 음성으로 말했다.

"대관절 이 후배의 목숨을 거두라고 사주한 자가 누구입니까?"

"왜 하필 내가 모르는 질문을 던지는 것이냐? 그건 나도 모른다."

"사주를 한 자가 누구인지도 모르는데 그 대가를 어찌 믿고 일을 치룰 수 있단 말입니까?"

"대가의 반을 이미 선불로 받았으니 그건 네놈이 걱정할 바가 아닌 것 같구나. 끌끌끌."

혈불의 입가에 냉소가 맺혔다.

"그럼 긴 말이 필요없겠군요. 후배, 최선을 다하겠습니다."

"하하하하! 이놈들, 하나하나가 정말 맹랑하지 않은가. 월하정 호위무사라는 놈들의 무위가 제법 당차다 들었는데 그 기백만큼은 정말 인정해 줄 만하구나."

혈불의 입에서 기분 좋은 웃음이 터져 나왔다.

하지만 그것도 잠시.

혈불이 건유운을 매섭게 쏘아보며 입을 열었다.

"소문처럼 네놈들의 무위 또한 제법이면 더할 나위 없이 좋겠구나. 그리고 풍문을 들어 알다시피 난 인간이 아닌 마두니라."

"거, 좋지. 마두……"

가오성이 서슬 퍼런 철검을 뽑아 들곤 건들건들 걸음을 옮기며 이죽거렸다.

 그런 그가 건유운의 옆에 척하고 선 채 혈불의 두 눈을 싸늘히 응시하며 다시금 입을 열었다.

 "적위야, 령령아, 그리고 대장, 저 마두 놈은 내 것이니까 절대 건드리지 마십시오. 내 오늘 남은 저 한쪽 눈깔마저 파버릴 테니……."

第六章 가오성, 혈낭과 맞서다

수호무사

"형님, 지금 뭐가 어떻게 돌아가고 있는 겁니까?"
도삼이 어리둥절한 표정으로 원치경에게 물었다.
하지만 원치경도 황당하긴 마찬가지였다.
"그러게 말이다."
"형님, 저놈 저거 혈불 아닙니까? 내 아무리 봐도 저거 혈불 같은데……."
'혈불이 왜?'
원치경이 이미를 매만지며 생각했다.
"백도련과 삼합회의 싸움인데 갑자기 저 미친놈들이 왜 끼어든 걸까요?"
"으음……."
원치경이라고 뾰족한 대답이 있을 리 만무했다.

"뭐, 어쨌든 다행이네. 이 어수룩한 놈들 다 뒈질 줄 알았는데 가진 힘에 비해 참 명이 긴 놈들이야. 큭큭!"

뭐가 그리 신이 났는지 도삼이 기괴한 웃음을 지으며 킥킥거렸다.

그때였다.

"지, 지부장님, 부지부장님, 크, 큰일 났습니다."

임시 거처로 돌려보냈던 겁나게 생긴 한 수하가 허겁지겁 달려와 헉헉거리며 원치경에게 말했다.

"너 이 새끼, 거처에 가 있으라니까 여길 왜 오고 지랄이야. 뒈지고 싶어 안달이 났냐?"

"왜 그리 호들갑이야?"

"철혈검대가 공격을 당하고 있다는 전갈이 왔습니다."

"이놈이 미쳤나. 뭔 개소리야, 지금?"

"누가 철혈검대를 공격한다는 말이냐?"

원치경이 담담한 음성으로 물었다.

"그건 저도 잘……."

보고를 한 수하가 머리를 긁적이며 말끝을 흐렸다.

"너 지금 나랑 장난하자는 거냐?"

도삼이 인상을 팍 찡그리자, 수하가 목을 바짝 움츠리곤 개미가 기어가는 소리로 중얼거렸다.

"저, 정말인데요……."

"본 단의 인물들은 아니라고 하더냐?"

"예, 지부장님."

"알았으니 거처로 돌아가 있거라. 그리고 내가 돌아갈 때까지 그 누구도 거처 밖으로 나가서는 안 된다고 모두에게 전해라."

"예, 지부장님."

수하가 서둘러 자리를 뜨자, 그때서야 도삼이 머리를 긁적이며 입을 열었다.

"형님, 정말 이거 뭐 어떻게 돌아가는 겁니까? 왜 우리가 해야 일은 생판 일면식도 없는 딴 놈들이 대신하냔 말입니다. 가만, 백도련과 삼합회의 싸움을 더 크게 일으켜 이득을 볼 수 있는 곳! 혹 무림맹?"

도삼이 두 눈을 동그랗게 뜨곤 황당한 표정을 지었다.

"이런, 썅! 정파의 지존이라는 새끼들이 밥 처먹고 할 짓이 없어 이간질을 해?"

"앞서가지 마라."

"뭘 앞서가지 말라는 겁니까. 딱 답이 나오네, 그냥. 삼합회가 아니면 무림맹밖에 더 있소?"

"어쨌든 상황이 이상하게 꼬인 것만은 확실한 것 같구나."

저 멀리 싸움이 임박한 분위기를 뚫어지게 바라보며 원치경이 중얼거렸다.

원치경의 입가에 묘한 미소가 매달렸다.

* * *

그 시각.

일촉즉발의 상황이 마침내 폭발한 야산의 둔덕은 그야말로 한바탕 회오리가 치솟고 있었다.

챙!

병장기가 부딪치는 소리가 산중에 난무하고, 곳곳에서 폐부를 찌르는 살기가 진하게 피어올랐다.

"……."

왠지 모르게 답답한 표정으로 가오성을 노려보는 혈불과 반대로 장난기 가득한 미소를 짓는 가오성.

그들의 모습이 꽤나 대조적이었다.

혈불은 팔악칠흉을 어우를 수 있는 무시할 수 없는 고수였다.

그런데 그런 그가 가오성과 몇 합의 공방을 벌인 뒤 표정이 어두워진 것이다.

"너 이놈, 누구더냐?"

"나? 그야 가오성이지."

가오성의 입가에 비릿한 미소가 맺혔다.

하지만 지금 이 순간 그의 심장은 크게 들썩이고 있었다.

정말 그 악명 그대로 혈불은 가히 일절이라 불릴 만한 실력을 소유한 자다.

그의 일장을 맞받아치기가 무섭게 속에서 역겨운 이물질이 식도를 타고 꾸역꾸역 올라올 정도로 혈불이 가오성에게 가한 일격은 대단했다.

"네놈이 어찌 그 늙은이의 구천류를 익혔다는 말이더냐?"

혈불이 어금니를 바득바득 갈며 악에 받친 음성을 씹어뱉듯 내뱉었다.

그만큼 자신에게 유일한 패배를 안겨준 용사량에 대한 분노가 컸던 까닭이다.

"왜냐고? 그분이 내 스승님이거든."

"스, 스승?"

혈불의 표정이 다시 한 번 흉하게 일그러졌다.

혈불은 당연히 바보가 아니었다.

그 누구보다 용사량의 소식에 귀를 활짝 여는 그였다.

그래서 그도 잘 알고 있었다.

용사량이 키웠다는 후인은 바로 저 뒤편에서 싸움을 지켜보는 윤이라는 사실을.

그런데 뜬금없이 용사량의 자신의 스승이라니.

하지만 가오성의 말을 믿지 않을 수도 없는 노릇이었다.

어쨌든 가오성이 펼치는 초식 모두가 혈불도 너무나 잘 알고 있는 구천류이기 때문이었다.

"어이, 마두. 듣자 하니 채 삶도 펼쳐보지 못한 어린애들도 많이 찢어 죽였다며? 참 하늘은 이상해. 왜 저런 마귀를 안 때려잡아 죽이는 건지. 내가 하늘이었다면 갈기갈기 찢어 죽였을 텐데 말이야. 그래서 말인데, 내 오늘 하늘을 대신해 최선을 다해 찢어 죽여줄게."

"뭐, 뭐라?! 이 씹어 먹어도 시원찮을 놈을 봤나! 그래, 오너라, 이놈아! 네놈이 용가 놈의 제자라 했더냐? 그 하나만으로도 넌 오늘 곱게 뒈질 수 없을 것이니라."

가오성과 혈불이 서로를 향해 희멀건 이를 드러낸 채 으르렁거렸다.

챙!

피가 거꾸로 솟구친 혈불.

그가 마침내 묵혈장 안에 숨어 있던 얇은 검신을 뽑아 올렸다.

검은 분명 검인데 검신이 무척 좁은, 마치 이 척 길이의 기다린 꼬챙이를 보는 듯 그 모습이 기이했다.

하지만 그 검날이 얼마나 잘 벼려졌는지 보는 것만으로도 살이 난자당하는 느낌이었다.

자존심이 상한 혈불의 전신에서 난폭한 기운이 넘실거렸다.

"……."

그 모습에 가오성이 두근거리는 심장을 차분히 달래며 검극을 중단으로 끌어올렸다.

'한번 해보는 거다. 제자란 놈이 사부님의 명성에 누가 돼서는 안 되는 것 아닌가. 그럴 바엔 차라리 죽는 게 나을 것이다, 오성아!'

검병을 오른쪽 견정 아래로 바짝 끌어당긴 가오성이 어금니를 꽈득 깨물었다.

윤이 깨닫게 해준 북천류검의 북천일로 발검식이었다.

다시금 찾아온 일촉즉발의 상황.

'그 나이 서른 초반으로 보이거늘, 상식으로는 도저히 이해를 할 수 없는 경지에 올라선 놈이로구나. 과연 용사량의 제자란 말이 허언이 아니었단 말인가!'

혈불의 이마로 굵직한 핏대가 솟아올랐다.

긴장 때문이 아닌, 용사량의 재능에 대한 부러움과 질시 때문이었다.

그 제자란 놈 또한 이리도 빠른 성취와 강단을 보이니, 늙은 자신의 처지가 왠지 모르게 무척 초라하게만 느껴졌다.

"좀 더 키워 죽인다면 그나마 내 망가진 자존심을 조금이라도 세울 수 있으련만. 끌끌끌. 어쩌겠느냐? 이 또한 네놈의 팔자인 것을."

팟!

순간 누가 먼저랄 것도 없이 두 사내가 대지를 박찼다.

그리고 혈불의 얇은 검신이 허공을 떨쳐 울렸다.

촤아아—

수많은 은사가 마치 그물처럼 펼쳐져 허공을 에워싼 느낌이었다.

가오성은 이대로 저 그물에 갇힌다면 영원히 헤어 나오지 못할 것만 같았다.

순간 가오성이 서슬 퍼런 철검을 허공의 한 점을 향해 곧게 뻗어내다 검끝을 원형으로 그렸다.

그러자 믿을 수 없게도 허공을 가득 메웠던 은사들이 한가닥 한가닥 힘없이 끊어지기 시작했다.

그 모습을 멀찍이서 바라보는 윤의 두 눈에 감탄이 어렸다.

'사제가 한층 더 성장했구나.'

은사 속에 갇힌 가오성이 위험천만해 보였지만 윤은 걱정하지 않았다.

비록 혈불의 공격을 모두 받아낼 수는 없겠지만, 저 상황에서 저런 평정심을 유지할 수 있는 가오성이라면 충분히 혈불과 맞설 수 있을 것이라는 느낌이 들었기 때문이다.

역시 윤의 예상대로 은사의 그물을 뚫어낸 가오성이 이제는 혈불을 압박하기 시작했다.

하지만 혈불의 현란한 공격에 가오성의 깨끗하던 의복이 부지불식간에 핏빛으로 젖어들었다.

                    *   *   *

차자장!

한편 저 한편에서는 수많은 살초와 맞서는 령령의 모습이 위태롭기 그지없었다.

여인의 몸으로 예닐곱가량의 적을 상대하다니.

칠흉의 일인인 귀면은 벌써부터 자존심에 금이 간 상태였다.

'요년 봐라! 계집년이 어찌 이리도 고강한 무공을 지니고 있단 말이냐!'

후다닥 일을 처리하고 거나하게 한잔하려 했던 귀면의 계획은 이미 수포로 돌아간 상태였다.

아니, 귀면은 이러다 커다란 망신을 당하지 않을까 조바심마저 났다.

"하아! 하아!"

잠시 소강상태에 빠진 틈을 이용해 령령이 지금껏 참았던 거친 숨을 몰아쉬었다.

그런 그녀의 몰골이 말이 아니었다.

붉게 물든 의복에서 그녀가 얻은 상처가 적지 않음을 볼 수 있었다.

하지만 여인의 몸으로 유일하게 삼악도를 이겨낸 령령의 눈빛만큼은 시간이 지날수록 더욱 맹렬히 타오르고 있었다.

"일대일로 맞섰다면 자칫 큰 봉변을 당할 뻔했구나. 어디서 굴러먹던 년이냐?"

귀면의 입에서 거친 음성이 쏟아졌다.

전력을 다해 결투에 임한 령령의 모습과 달리 그의 모습은 무척 말끔했다.

"그건 알아서 무엇하려 하시는지요?"

되묻는 령령의 두 눈이 빠르게 주위의 상황을 쓸어갔다.

모두가 밀고 당기기를 반복하는, 누가 우위에 있다 말할 수도 없는 긴박한 사투를 펼치고 있었다.

아무래도 령령 자신이 그런 것처럼 수적 열세에서 오는 부담감 때문인 듯싶었다.

"소녀 생각하건대, 나이 어린 계집을 상대로 차륜전이라니, 강호의 대선배들로서 창피하지 않습니까?"

령령이 거칠게 뛰는 심장을 진정시키며 차갑게 물었다.

"우린 그런 거로 창피하다 생각한 적이 없다. 그런 하찮은 이유로 창피함을 느끼는 인간들이 어찌 팔악칠흉이라 불리겠느냐? 그런 건 이미 비루먹은 개에게 던져 주었느니라. 어쨌든 네년의 실력을 능히 짐작할 수 있으니 이젠 슬슬 끝내야 할 것 같구나. 네년의 미모가 무척 탐이 나지만, 그래도 금자의 유혹만은 못하니 그만 죽어주어야겠다."

말은 그렇게 떠벌렸지만, 사실 귀면과 령령을 둘러싼 마두들의 얼굴은 창피함에 후끈 달아올랐다.

령령의 말마따나 무림의 대선배라 할 수 있는 자신들이 새파랗게 어린, 그것도 계집을 상대로 차륜전을 펼쳐야 한다 생각하니 수치심에 몸 둘 바를 몰랐던 것이다.

아무리 마두들이라 하나, 그들 또한 자존심에 죽고 사는 무인들이었던 까닭이다.

하지만 령령의 무위를 평가해 보니 이건 자존심을 따질 상황이 아니었다.

자칫 팔다리가 떨어져 나갈 판이었다.

아니, 이곳이 자신들의 무덤이 될 것만 같은 불길함마저 들었다.

"뭣들 하는 겐가? 그만 쳐 죽이세!"

귀면이 일갈을 내지르자, 령령을 향해 사뭇 거센 기세가 노도처럼 밀려들었다.

복면인들이 뽑아 든 가지각색의 병장기들이 예측할 수 없는 방향으로 이리저리 휘둘러져 삼엄하기 그지없는 위력을 뿜어냈다.

하지만 령령의 신형은 마치 형체없는 그림자인 양 그 사이를 기묘하게 누비며 그들의 공격을 간발의 차로 흘리고 있었다.

'하아! 정말 할 말을 잃게 만드는 년이로구나.'

귀면이 령령의 귀신같은 몸놀림을 보곤 혀를 내둘렀다.

하지만 시간이 지날수록 령령의 몸놀림은 둔해졌다.

마두들이 노련하게 운용하는 차륜전의 맥을 끊지 못한 것이 그녀의 진기를 갉아먹고 있는 까닭이다.

'나를 말려 죽일 심산인가 보구나. 정말 이대로 가다간 지쳐

죽을 수도 있음이다.'

 핏물에 흠뻑 더 젖은 령령이 난색을 표하며 고민했다.

 대충 주위를 살펴보니 자신과 가오성의 상황이 가장 열악해 보였다.

 혈불과 일대일로 맞서고 있는 가오성은 이미 혈인으로 변해 있었다.

 물론 혈불의 상태 또한 온전해 보이진 않았다.

 '영주께서 나서만 주신다면······.'

 령령이 자신도 모르게 윤의 얼굴을 떠올렸다.

 하지만 이내 고개를 세차게 가로젓는 그녀였다.

 건유운을 통해 그의 상태가 위태로울 정도까지 악화되었음을 익히 전해 들었기 때문이다.

 '맥을 끊어야 한다, 맥을!'

 순간 령령의 눈빛이 매섭게 빛났다.

*　　　*　　　*

"아무래도 나서야 할 것 같습니다."

 챙!

 사투의 상황을 유심히 지켜보던 정성도가 매끈한 검을 뽑아들며 필보경을 향해 말했다.

"대장의 명을 잊었는가."

 대장이라 함은 건유운을 이르는 말이다.

"대장은 무슨 얼어 죽을! 다 죽어 나갈 판에 객기나 부리는 저런 놈이 어찌 우리의 대장이란 말이오."

정성도가 눈썹을 치켜뜨며 거친 음성을 내뱉었다.

"……."

필보경이 무유화의 곁에서 상황을 예의 주시하는 윤을 바라봤다.

왜 침묵하는 것일까.

필보경은 윤의 행동을 이해할 수가 없었다.

여전히 믿기는 힘들었지만, 무진강의 무상류를 익힌 자라 했다.

만약 그것이 사실이고 지금 이 순간 윤이 나서만 준다면 싸움의 판도가 의외로 쉽게 풀릴 수도 있는 상황이었다.

그런데 윤은 자신과 이 싸움은 아무런 상관도 없다는 양 구경만 하고 있을 뿐이었다.

'아가씨 때문일까?'

필보경은 또 다른 가정을 세워보았다.

윤과 무유화의 관계를 생각해 본다면 분명 일리가 있는 가정이었다.

하지만 그 이유가 왠지 모르게 부족하다 느껴지는 필보경이었다.

"필 조장님, 지금 나서지 않는다면 아가씨께서 위험에 빠질 수도 있습니다."

"어쩌겠나?"

정성도가 필보경에게 애원하듯 매달렸다.

그러자 필보경이 윤을 향해 조심스럽게 그의 의견을 물었다.

그 모습에 정성도의 눈매가 한껏 가늘어졌다.

"잠시 유화를 부탁드리겠습니다."

용혈검을 움켜쥔 윤이 필보경을 향해 고개를 숙이며 정중히 부탁했다.

'저, 저놈……?'

순간 차분한 윤의 행동과 음성에 정성도의 얼굴에 커다란 놀람이 떠올랐다.

"잠깐만 다녀올게."

"응……."

무유화가 미소를 띠며 짧게 대꾸했다.

"……."

윤이 새가 날 듯 가볍게 말에서 뛰어내렸다.

그리고 부드러운 눈빛으로 무유화를 안심시킨 후 잠시 전방을 쓸어봤다.

그러던 그가 하늘에서 내린 한줄기 섬광이 되어 령령을 향해 쏘아졌다.

하지만 령령을 압박하던 복면인들이 윤의 등장을 잽싸게 눈치채고 그를 막아섰다.

퍽!

달리던 속도를 유지한 채 신형을 아래로 푹 꺼뜨리며 병장기를 피해낸 윤이 우측 어깨를 이용해 복면인의 가슴을 밀쳐 버렸다.

그 단순한 공격에 복면인이 그대로 뒤로 곤두박질치며 휘청거렸다.

척!

윤의 갑작스런 등장.

그에 령령을 공격하던 귀면과 복면인들의 표정이 잔뜩 일그러졌다.

윤의 등장은 그야말로 다 된 밥에 재를 뿌린 격이었기 때문이다.

"……"

용혈검을 아직 뽑지 않았지만 벌써부터 윤의 기혈을 들끓었다.

천문의 내력과 점차 그 힘이 증폭되고 있는 살성의 기운이 그의 몸 안에서 충돌하며 일으키는 현상이었다.

'모든 것은 내 마음에서 시작하는 것이다.'

치열한 사투의 현장 앞에서 윤이 두 눈을 지그시 감았다.

그 황당한 모습에 령령과 그녀를 압박했던 복면인들이 일순 멈칫거렸다.

하지만 그것도 잠시.

이때다 싶었던 복면인들이 령령의 전신 요혈을 노리며 짓쳐들었다.

번쩍!

윤의 두 눈이 떠진 건 바로 그 순간이었다.

팟!

윤의 신형이 귀면을 향해 빛처럼 쏘아졌다.

정말 눈 깜짝할 새 자신의 면전까지 당도한 윤의 용의주도한 도발에 귀면이 당황하여 신형을 뒤로 쭉 물렸다.

그 순간 싸움에 묘한 변화가 꿈틀대기 시작했다.

차륜전은 협력이 주가 되는 공격이었다.

그 공격이 톱니가 딱딱 맞게끔 돌아가야만 효율적인 상승효과를 볼 수 있었다.

그런데 윤의 갑작스런 등장으로 인해 졸지에 두 개의 톱날이 빠져버린 것이다.

그것 이유 하나만으로도 령령의 숨통은 크게 트일 수 있었다.

챙!

순간 령령의 검에 생기가 돌았고, 더 이상의 머뭇거림도 없었다.

치익—

한 복면인의 옆구리로 섬뜩한 검상이 그어졌다.

그것을 시작으로 싸움에 또 한 번의 커다란 반전이 일어났다.

*   *   *

"혀, 형님, 저, 저게 지금 말이 되는 겁니까?"

도삼이 월하정 호위무사들의 신기에 가까운 몸놀림에 놀라 넋이 나간 표정으로 물었다.

"철혈무가, 정말 명불허전이군요. 일개 호위무사들의 실력이 저 정도라니……, 이건 뭐, 더 이상 싸울 의미가 없겠는데요. 철혈검대만으로도 멸문을 면치 못할 텐데, 제남지부 그 약골들을 데리고 어찌 저런 자들과 대적이나 할 수 있겠습니까. 형님, 답이 확실히 나왔습니다."

"무슨 답을 또 말하려는 것이냐? 또 튀자는 말을 하려는 게냐?"

원치경이 시선을 저 앞 사투의 현장에 고정한 채 물었다.
"맞소. 그냥 튑시다."
"후후……."
지겨울 법도 하련만, 도삼은 틈만 나면 튀자는 말을 연신 떠들어댔다.
"솔직히 말해, 나 쟤네들 중 한 명이랑 싸운다 해도 이길 자신 없수."
"도삼, 네가 꼬리를 내리는 것을 보다니 해가 서쪽에서 뜰 일이구나."
"자존심은 상하지만, 나 정말이우."
도삼이 입맛을 쩝쩝 다시며 중얼거렸다.
"이제 어쩔 겁니까?"
"으음……."
도삼의 물음에 원치경이 긴 한숨을 내쉬었다.
갑자기 너무 많은 일이 꼬여 도무지 풀 수 있는 방법이 떠오르지 않았기 때문이다.
"이제 어쩌자니까요? 정말 무유화를 납치할 겁니까?"
도삼이 인상을 버럭 쓰며 다시 물었다.
"으음……."
원치경의 고민은 깊어졌다.
애초의 계획은 무유화를 납치해 철혈검대와 협상을 벌이는 것이었다.
삼합회 본단의 지원 없이 제남지부의 전력만으로 철혈검대와 맞서는 것은 계란으로 바위를 치는 격이었기 때문이다.

그래서 생각한 것이 무유화의 납치였지만, 월하정 호위무사들의 실력이 상상도 못할 정도로 고강했던 것이다.

"나한테 이런 말은 마우. 쟤네들 사투를 벌인 후 힘이 빠졌을 테니까 그때 무유화를 납치하면 된다는 둥, 그러면 충분할 거라는 둥……. 난 아까 분명히 말했수. 나 쟤네랑 싸워 정말 이길 자신없소. 흠흠!"

말을 마친 도삼이 괜한 헛기침을 토해냈다.

"아무래도 무리인 듯싶구나."

원치경이 체념한 듯 말했다.

그러자 그 음성에 도삼의 표정이 급속도로 밝아졌다.

"그렇지요. 내가 뭐라 그랬습니까. 쟤네들 몸놀림을 한번 보십시오. 저게 사람입니까, 괴물이지?"

"너도 한때는 괴물 소리를 듣지 않았느냐?"

원치경이 도삼의 우락부락한 얼굴을 빤히 쳐다보며 말했다.

"그땐 그때고 지금은 지금이잖습니까. 그러는 형님은 왜 모양이 이 모양 이 꼴이 되셨수?"

"후후, 그래서 돈도 벌고 열심히 살려고 발버둥을 치는 것이 아니겠냐."

원치경의 입에서 자조적인 웃음이 맺혔다가 사라졌다.

* * *

사투는 절정을 향해 치닫고 있었다.

그중 유독 눈에 띄는 자는 단연 윤이었다.

윤은 여전히 용혈검을 뽑지 않은 채 전장의 곳곳을 누비고 있었다.

하지만 그의 움직임에 하나하나에 복면인들은 속수무책 신형을 물리기에 바빴고, 그 순간 벌어진 틈을 이용해 건유운을 비롯한 은영들이 그들의 목젖을 가차없이 가르고 꿰뚫었다.

"……"

곳곳에 널브러진 복면인들의 시신이 벌써 십여 구가 훌쩍 넘어버렸다.

그 모습으로 판단컨대, 전세는 이미 역전이 된 상태라 해도 과언이 아니었다.

이제는 마음이 다급해진 쪽은 복면인들과 대마두 혈불이었다.

가오성과 여전히 일대일의 사투를 벌이는 혈불의 표정은 아까부터 검게 죽어 있었다.

혈인이 된 그의 의복은 가오성의 매서운 검에 의해 이미 걸레처럼 너덜너덜하게 변해 있었다.

물론 가오성 또한 그의 모습과 별반 다르지 않았다.

아니, 오히려 심하면 심했지 결코 덜하진 않았다.

"하아! 하아……!"

가오성의 입에서 거친 단내가 토해졌다.

혈불의 막강한 공격으로 내상의 정도가 심각해진 가오성의 혈색이 하얗다 못해 파리할 정도였다.

목구멍까지 치미는 울혈을 되삼킨 것도 헤아릴 수가 없었다.

하지만 그의 두 눈빛은 여전히 맹렬히 타오르고 있었다.

그런 그의 표정에서 죽을지언정 꺾일 수는 없다는 강렬한 의지가 피어났다.

"괜찮겠어?"

갸오성의 심각함을 느낀 윤이 어느새 그의 곁으로 다가와 짧게 입을 열었다.

"도와줄 생각이라면 아서라. 내 죽더라도 저 마두의 남은 눈깔만큼은 꼭 뽑아버릴 테니까."

지금 당장 쓰러져도 전혀 이상하지 않을 것 같은 갸오성이 어디서 그런 힘이 솟구쳤는지 희멀건 이를 드러내며 으르렁거렸다.

그 모습을 윤이 걱정스런 시선으로 바라봤다.

전장은 이미 건유운과 노적위, 그리고 령령에 의해 좌지우지되고 있었다.

자존심에 끝까지 발악을 하는 것일 뿐, 조만간 은영들의 손에 의해 복면인 모두가 쓰러지는 것은 이미 정해진 수순처럼 보였다.

유일하게 지금껏 그 우위를 점하지 못한 채 치열한 사투를 벌이는 장소는 갸오성과 혈불이 싸움을 벌이는 곳이었다.

"그럴 생각없어. 스스로 시작한 싸움이니 스스로 결판을 내야지."

갸오성의 상태가 걱정이었지만, 윤은 갸오성의 자존심을 세워주었다.

지금 이 순간, 갸오성이 죽음까지 불사하면서까지 얻으려고 하는 것이 무엇인지 너무도 잘 알고 있었기 때문이다.

"힘이 솟는구나. 크큭!"

핏물로 범벅이 된 갸오성이 미소 짓자, 그 모습이 무척 섬뜩

갸오성, 혈불과 맞서다 173

했다.
 가오성은 윤이 자신의 뒤에서 버텨주고 있다는 사실 하나만으로도 커다란 힘을 느끼고 있었다.
 하지만 안타깝게도 혈불은 그와 반대로 엄청난 심적 부담감으로 동공이 세차게 흔들렸다.
 혈불은 가오성과 혈투를 벌이는 와중에도 전체적인 전장의 흐름을 읽고 있었다.
 가오성이 아무리 용사량의 제자라 하나 아직은 혈불의 적수로는 부족한 감이 있기에 혈불에게는 충분히 그럴 만한 여유가 있었던 것이다.
 그런데 윤이 싸움에 끼어들면서부터는 혈불이 누리던 여유는 조금씩 사라지고 말았다.
 그리고 지금 혈불에게 남은 건 용사량의 제자를 가지고 놀 수 있는 여유가 아니라, 그의 제자에게도 질 수 있다는 두려운 마음뿐이었다.
 "……."
 금방이라도 쓰러질 것 같던 가오성이 눈빛을 반짝 빛내며 구천류의 기수식을 취했다.
 시간이 흐를수록 그의 기세가 하늘을 찌르듯 높아만 갔다.
 "용가의 제자 놈에게까지 무릎을 꿇는다면 내 어찌 죽어서도 눈을 감을 수 있겠느냐! 오너라. 내 너의 심장을 갈라주마."
 "눈깔은 내가 뽑아준다고 했잖아. 그러니 죽어도 눈 감을 일은 없을 테니 그런 걱정은 말아라, 이 마두야. 후후."
 팟!

예상을 깨고 먼저 움직인 쪽은 혈불이었다.

그런 그의 기세가 난폭하기 그지없었다.

그만큼 그의 심리 상태가 불안정하다는 것을 단편적으로 생각할 수 있었다.

까앙—

가오성이 철검을 들어 혈불이 뻗어낸 얇은 검신을 막았다.

혈불의 일검을 맞받아치는 것이 힘들었던 것일까.

가오성의 얼굴에 고통의 흔적이 역력히 떠올랐다.

꽈드득—

고통을 이겨내려 가오성이 어금니를 빠드득 갈았다.

쐐애액— 까가강!

연거푸 터지는 금속성.

공격은 혈불의 몫이었고, 방어는 가오성의 것이었다.

검상에서 흐른 핏물이 적지 않고 누적된 피로로 인해 서로의 검속은 느렸지만, 검격에 담긴 그 기세만큼은 점점 더 그 도를 더해갔다.

정말 한 치 앞도 내다볼 수 없는, 그 승부를 점칠 수 없는 치열한 혈투였다.

그런데,

"빠르다 하여 빠른 것이 아니고, 느리다 하여 느린 것이 아니라 말씀하신 것은, 모든 것이 마음에서 비롯된 것임을 말씀하시려 한 것이리라. 조급함을 버리라 하심도 결국 나의 불안한 마음을 걱정하신 것인데……. 육체의 강함은 꺾일지언정, 그 마음만큼은 꺾을 수 없는 것인데……."

　자신의 코앞에서 목숨을 건 혈투가 벌어지고 있건만, 윤의 두 눈이 거짓말처럼 스르르 감겼다.
"……."
　사방에서 터져 나오는 치열한 병장기의 부딪침도 윤의 귓속을 파고들지 못했다.
　마치 시공이 정지된 양 그의 머릿속은 온통 하얀 빛무리로 가득했다.
　그리고 어느 순간,
　윤의 가슴속으로 백발이 성성한 구부정한 용노야가 자애로운 얼굴로 미소를 짓고 있었다.
　윤의 가슴으로 그의 따듯한 손길과 온기가 느껴졌다.
　순간 거짓말 같은 현상이 일어났다.
　윤의 몸속에서 폭군처럼 날뛰던 살성의 기운이 서서히 천문의 내력의 품으로 빨려들어 갔다.
　일시적인 현상일지 몰라도 지금 이 순간 윤이 느낀 것은 포근함과 따듯함이었다.
"……."
　그리고 아무도 모르는 사이, 천주의 글귀가 숨겨진 윤의 가슴 주위로 더없이 밝은 빛이 퍼졌다.

第七章 앙구문, 윤의 본모습을 알리다

수호무사

"제사조, 보고 드립니다. 중상자 일 명을 제외한 모든 대원이 무사합니다."

"일 명이 누구인가?"

"한경서입니다."

단필엽이 석연치 않은 표정으로 안우문에게 전투 결과에 대한 상황을 보고했다.

단필엽은 방금 전까지 치열하게 펼쳐진 싸움을 결코 전투라 생각하지 않았다.

마치 약속된 훈련처럼 짜임새있는 움직임에 불과할 뿐이었다.

왜 이런 느낌이 드는지 단필엽 자신도 이해할 수가 없었다.

하지만 확실한 건, 이는 분명 가짜라는 것이다.

안우문을 향한 상황 보고는 짧고 신속하게 이어졌다.

그렇게 모든 보고가 끝난 후, 안우문이 조장들에게 또다시 발생할 수 있는 공격에 대한 철저한 준비를 지시한 후 자리를 떴다.

"이거 너무 시시한 것 아닙니까?"

철혈검대 오조장 여균이 인상을 쓰며 단필엽의 곁으로 다가왔다.

"밀물처럼 몰려와 썰물처럼 일시에 빠진다? 저만의 느낌인지는 몰라도, 적들은 우리와 싸우려는 의지가 애초부터 없었던 것 같습니다. 이 또한 저들의 계략 중 하나일까요? 어찌 생각하십니까?"

"삼합회의 인물들이라 확신하나?"

"글쎄요."

단필엽의 물음에 여균이 고민스러운 표정을 지었다.

"삼합회 제남지부가 저런 잘 조련된 무사들을 키울 수, 아니, 모을 수나 있을까?"

"삼합회 본단이라면 가능하지 않겠습니까?"

"그래서 확신할 수가 없다, 본단의 능력이라면 충분하기에."

턱 끝을 매만지는 단필엽의 상념은 깊어만 갔다.

밀물처럼 몰려와 철혈검대를 공격했던 수상한 무리의 정체 때문만은 아니었다.

그가 정작 고민하는 건, 저 멀리 떨어져 있는 무유화 일행에 대한 걱정 때문이었다.

철혈검대 일조원들과 용소진이 있기 때문에 그나마 위안이 되지만, 그래도 단필엽의 걱정은 쉽사리 떨어지지 않았다.
 "조장님."
 한 수하가 단필엽에게로 다가왔다.
 "무슨 일인가?"
 "용 조장이 조장님을 찾고 있습니다."
 "뭐, 용 조장? 용 조장이 여긴 왜?"
 단필엽이 놀라 물었다.
 "대장님의 명으로 본 대를 돕기 위해 방금 전 복귀를 한 것 같습니다."
 "용 조장은 지금 어디 있나?"
 "조장님의 거처로 모셨습니다."
 수하의 보고가 끝나기도 전에 단필엽의 신형은 이미 저 멀리 성큼 나아갔다.
 그리고 그의 뒤를 여균이 신속히 뒤따르고 있었다.

 "대체 무슨 일인가? 자네가 왜 여기에 있는 것인가? 아가씨께서는?"
 내실의 문을 열기가 무섭게 단필엽이 물었다.
 "이곳의 일은 어찌 된 것입니까? 전투는요? 이미 끝난 것입니까?"
 난감한 표정으로 오히려 되묻는 용소진.
 "복귀하라는 대장의 명령을 받았습니다. 명령을 받고 전력으로 달려오니 이런 상황이더군요. 대체 어찌 된 일입니까?"
 단필엽이 그렇듯 용소진도 황당한 건 마찬가지였다.

"대장께는?"

그나마 침착함을 유지한 여균이 용소진에게 물었다.

"아직……."

아무래도 무언가 미심쩍어 단필엽부터 찾은 용소진이었다.

"아가씨가 위험하다."

표정이 딱딱하게 굳은 단필엽이 앞뒤 상황 잴 필요도 없다는 듯 내실을 박차고 나가려 했다.

여균이 그런 그의 소매를 부여잡곤 입을 열었다.

"대장께 아무런 보고도 없이 움직이려 하십니까?"

"아가씨의 안전 따윈 이미 안중에도 없는 자다."

"그래도 우리의 대장이십니다. 아니, 조장님께서 불이익을 당할 수도 있습니다. 우선은 전시의 규율을 따르십시오."

여균의 태도는 냉정했지만, 그 음성만큼은 단필엽을 걱정하고 있었다.

"누구를 위한 규율인가? 염가인가, 아니면 백도련인가? 그도 아니면 철혈무가인가? 대답하라."

"……."

여균은 감히 대답할 수 없었다.

그런 그에게 단필엽이 단호한 표정을 지으며 말했다.

"만약 가주께서 살아 계셨다면 이런 나를 용서해 주셨을 것이다."

"하지만……."

말끝을 흐린 여균의 우수는 여전히 단필엽의 옷소매를 꽉 쥐고 있었다.

용소진이 그런 여균의 오른 손목을 가만히 쥐고는 입을 열었다.

"내 뜻도 단조장님과 같다."

"용 조장, 너까지 왜 그러는 것이냐?"

"아가씨께 무슨 일이 생겼다면 난 죽어서도 가주를 뵐 수가 없을 것이다. 단 조장님을 놓아드려라."

용소진의 말에 잠깐 동안이나마 여균의 얼굴에 고민의 빛이 스쳤다.

그러던 그가 고민을 떨쳐 내곤 입을 열었다.

"정 그렇게 하실 수밖에 없다면, 그렇다면 저도 따르겠습니다."

얼마 후,

"뭐라? 지금 사조장과 오조장, 그것도 모자라 일조장까지 전장을 이탈했다고 했느냐?"

"그렇습니다."

수하가 전한 말에 안우문의 두 볼이 부르르 떨렸다.

약속이나 한 듯 세 명의 조장이 자신에게 아무런 보고도 없이 전장을 이탈했다는 것은 명백한 항명이며 불복이었기 때문이다.

"지금 당장, 전장을 이탈한 조장들에게 전령을 보내 본대로의 복귀를 명해라! 만약 이를 어길 시, 전시의 규율로 엄히 다스릴 것을 경고하라!"

"존명!"

*   *   *

 역겨운 피비린내가 사방에 진동했다.
 그토록 평온하던 장소는 한순간 지옥으로 변해 있었다.
 "쿨럭! 쿨럭!"
 가오성의 입에서 검게 죽은 핏물이 왈칵 쏟아져 내렸다.
 핏기 하나 남아 있지 않은 얼굴에서 가오성의 내상이 심각함을 느낄 수 있었다.
 하지만 곧 죽어도 이상할 것 없는 그의 표정엔 밝은 미소가 걸려 있었다.
 "내 약속했잖아. 크큭."
 처참한 몰골로 대지 위에 쓰러진 혈불을 바라보며 가오성이 중얼거렸다.
 그런 그의 신형이 이내 힘없이 스르르 무너져 내렸다.
 턱—
 순간 윤이 쓰러지는 가오성을 부축했다.
 "정신 차려."
 윤이 가오성을 흔들어 깨웠지만, 가오성의 입과 두 눈은 굳게 닫혀 있었다.
 혈불이 마지막으로 쓰러지면서 그토록 치열했던 사투는 결국 종결이 되었다.
 월하정 호위무사들을 공격했던 복면인들 대부분이 목숨을 잃었고, 일부 복면인들이 도주했지만 건유운은 굳이 그들을 추살

하지 않았다.

 혹 불미스러운 일이 또다시 발생할까 걱정이 일었던 까닭도 있지만, 결정적인 이유는 가오성과 령령이 입은 상처가 꽤 중해 보였기 때문이다.

 "적위, 령령을 돌봐라."

 건유운이 땅 위에 힘없이 주저앉아 거친 숨을 몰아쉬는 령령을 안타까운 시선으로 바라보다, 이내 의식을 잃은 가오성을 부축하고 있는 윤에게로 다급히 달려갔다.

 "괜찮으십니까, 영주?"

 건유운이 의식을 잃은 가오성은 뒷전으로 둔 채 오히려 가장 멀쩡해 보이는 윤의 안위를 걱정하며 물었다.

 그 승부를 장담할 수 없던 싸움에 윤이 끼어든 건 당연한 일이었지만, 근래 윤이 보여준 변덕스러운 심신의 변화를 생각한다면 건유운이 윤의 살성의 폭주를 걱정하는 건 어찌 보면 당연한 일이었다.

 "전 괜찮습니다만… 사제의 상태가 좋지 않습니다."

 의외로 편해 보이는 윤의 음성에 건유운은 조금이나마 그에 대한 걱정의 무게를 덜어놓을 수 있었다.

 "제가 살펴보겠습니다."

 윤에게서 가오성을 넘겨받은 건유운이 그를 땅 위에 편한 자세로 눕히곤 그의 낯빛을 살피며 맥을 확인했다.

 그렇게 잠깐의 시간이 흐르고.

 '내상이 너무 깊다. 서둘러 조치를 취하지 않으면 천추의 한으로 남을 수 있다.'

안우문, 윤의 본모습을 알리다 185

건유운의 미간이 잔뜩 좁혀졌다.

천문의 은영들은 무공만 강한 것이 아니라, 의술에도 조예가 깊었기에 맥을 한 번 짚은 것만으로도 건유운은 가오성의 상태를 읽을 수 있었던 것이다.

"후우……."

건유운이 긴 숨을 한 번 토해내곤 두 눈을 가만히 감았다.

그런 그가 가오성의 전신 이곳저곳을 부드럽지만 신속하게 어루만지기 시작했다.

그렇게 얼마의 시간이 지났을까.

천문의 내력을 이용해 추궁과혈(推宮過穴)로 가오성의 내상을 응급처치하는 건유운의 전신은 땀으로 흥건히 젖어 있었다.

간혹 무지한 사람들이 내공을 쌓은 무림인이라면 누구나 추궁과혈을 시전할 수 있다고 떠들곤 하는데, 그건 정말 추궁과혈을 몰라서 하는 말이다.

시전자의 내공을 바탕으로 내상을 치유하는 추궁과혈은 시전자의 막대한 심력 소모를 가져오는 꽤나 어려운 조치였다.

정확한 점혈과 알맞은 시간, 충분한 공력이 조화되지 않으면 돌이킬 수 없는 결과를 가져올 수 있기 때문에 그 성취가 높지 않고서는 감히 엄두도 못 내는 시술이었다.

'그 성취가 도대체 어디까지 올라선 것이란 말인가!'

건유운의 조치를 곁에서 지켜보는 필보경의 얼굴에 감탄이 떠올랐다.

그 무공도 놀랍지만 한눈에 봐도 그 내상 극심한 가오성을 한 치의 망설임도 없이 치유하는 그의 모습에 절로 탄성이 터져 나왔던 것이다.

솔직히 필보경 자신은 감히 엄두도 못 낼 일이었다.

"후우······."

싸움에 임했을 때보다 오히려 더 많은 심력을 소모한 건유운이 긴 한숨을 내쉬며 신형을 일으켰다.

갑자기 몰려온 피곤함이 그의 얼굴에 고스란히 묻어났다.

"어떻습니까?"

윤이 걱정스레 물었다.

"좀 더 지켜봐야 알 일이지만, 우선 위기는 넘긴 것 같습니다."

"고맙습니다."

윤이 진심 어린 음성으로 건유운에게 감사의 마음을 표했다.

"그 무슨 말씀이십니까. 당연히 제가 해야 할 일을 했을 뿐입니다, 윤 소협."

건유운이 곁에 있는 정성도를 의식해 윤을 소협이라 칭했다.

하지만 이미 윤이 바보가 아니라는 사실을 알아버린 정성도의 얼굴은 진한 의혹으로 가득 차 있었다.

"아무래도 가 무사님의 상태를 좀 더 지켜본 후 길을 나서는 것이 좋을 같습니다. 그러니 무사님들께서는 만일을 대비해 경계에 각별한 신경을 써야 할 듯싶습니다. 경계는 필 조장님과 정 무사님께서 좀 맡아주시고, 윤 소협께서는 가 무사님의 상태를 지켜봐 주십시오."

"알겠습니다, 대장."

필보경이 호위대장에 대한 격식을 갖추며 정중히 대답했다.

그런 그에게 부드러운 미소를 지어 보인 후 건유운이 이내 령령을 향해 걸음을 옮겼다.

"괜찮아?"

윤이 가오성의 팔다리를 주무르며 놀람이 컸을 무유화를 걱정하며 물었다.

"괜찮아."

괜찮다는 짧은 한마디를 내뱉었지만, 사실 철혈무가에서 화초처럼 자란 무유화가 받은 충격은 이루 말할 수가 없었다.

멀쩡했던 사람의 생살이 잘리고, 그들의 목에서 피분수가 솟구치는 끔찍한 모습들이 여전히 그녀의 심장을 두근두근 뛰게 만들었다.

말로만 듣던 비정한 강호의 모습을 두 눈으로 직접 목격하고 나니 백문이 불여일견이란 말이 절로 가슴에 와 닿았다.

'이런 곳이 아버지께서 살아오신 세상이란 말인가. 내가 살아가야 할 세상 또한 바로 이곳이란 말인가.'

무유화가 내심 중얼거렸다.

애써 태연한 척 행동했지만 솔직히 무유화는 가슴이 진탕될 정도로 무척이나 무섭고 두려웠다.

더불어 세상을 아름답게만 살려 했던, 아니, 무가의 여식으로 태어나 그와는 상반된 삶을 살려 했던 자신의 어리석음을 깨달았다.

'어리석은 나의 이기심 때문에……'

창피함과 부끄러움에 꽉 쥔 무유화의 하얀 두 주먹이 부르르 떨렸다.

고개를 들 수가 없었다.

청도문의 문제만큼은 자신이 해결할 것이라 그렇게 우겼는데, 정작 무유화 자신 스스로가 할 수 있는 건 아무것도 없었던 것이다.

이 얼마나 이기심의 극치를 보여준 행동이란 말인가.

"미, 미안해……."

고개를 떨어뜨린 무유화가 결국 자신의 어리석음에 대한 용서를 빌었다.

"누구나 한 번쯤은 겪는 과정일 뿐이야. 그 누구도 너를 탓하지 않아. 여기서 네가 눈물을 흘리고 약한 모습을 보인다면 오히려 그것이 너를 믿고 있는 모든 이를 실망시킬 거야. 철혈무가의 사람들이 진정 원하는 건 나약한 눈물을 흘리는 무유화가 아닌, 당당한 모습으로 웃어줄 수 있는 그런 무유화를 원할 테니까."

* * *

사투의 현장을 어느 정도 정리한 월하정의 인물들은 해가 중천을 넘어 서쪽으로 반쯤 기운 시각이 되어서야 자리를 옮길 수 있었다.

그리고 단필엽을 필두로 한 용소진과 여균이 뒤늦게 그들과 합류를 하였다.

다행히도 가오성의 의식은 돌아왔지만, 스스로 운신을 하기에는 아직 일렀기에 노적위의 부축을 받으며 힘겹게 걸음을 옮졌다.

 그렇게 사투의 현장에서 어느 정도 떨어진 장소로 이동한 그들은 그간 일어난 상황을 하나둘씩 조심스럽게 되돌아보기 시작했다.

 무유화와 령령, 그리고 윤은 자리를 비운 상태였다.

 "확실한 건 아무것도 없지만 정황상으로 판단컨대 삼합회는 아니란 느낌입니다. 혈불이라는 거물이 삼합회에 적을 두었다면 어떤 형태로든 소문이 퍼졌을 테니 말이지요."

 단필엽이 조심스럽게 자신의 의견을 피력했다.

 "엄청난 대가를 약속한 사주였다면 가능할 수도 있는 일이 아닙니까?"

 "물론 철혈무가에 대한 원한이 깊으니 그럴 수도 있겠지. 하지만 혈불이 아무리 대단하다 하나, 철혈검대를 상대로 비수를 드러냈다는 건 분명 무리다. 무림 공적이라 할 수 있는 그가 지금껏 목숨을 부지할 수 있었던 이유는 상황의 강약을 파악하는 처세술이 큰 몫을 담당했으니까. 그런 그가 금자에 혹해 목숨을 건 도박을 벌였다? 글쎄……."

 여균의 반론에 단필엽은 고개를 저었다.

 "하긴 석연찮은 부분이 너무 많긴 합니다. 철혈검대를 공격했던 무리의 행동도 이상하고……."

 여균이 독백하듯 중얼거리곤 이내 의문을 던졌다.

 "싸울 의지가 없는 자들이 싸움을 걸었다는 것은 다른 그 무엇인가를 얻기 위한 것일 텐데, 대체 그것이 무엇일까? 오히려 공격을 펼친 후 다수가 죽어 나간 쪽은 그들인데, 그들이 얻은 것이 없질 않습니까?"

"그들이 얻은 하나가 있지."

용소진이 고개를 숙인 채 입을 열었다.

"그게 뭔데?"

"나."

용소진이 짧게 대답하곤 이내 말을 이었다.

"상대가 싸울 의도가 없음을 뻔히 알면서도 복귀를 명했다? 대장도 한패라는 이야기겠지."

"흥! 말이 심하구만. 명령에 죽고 명령에 사는 철혈검대라더니 그 모두가 허울이었단 말인가."

용소진의 말에 정성도가 콧방귀를 뀌며 끼어들었다.

"심하긴, 딱 보니 딱이구만."

가오성이 다 죽어가는 몰골로 정성도를 쏘아보며 이죽거렸다.

모든 이들이 안우문을 의심하고 있건만, 홀로 아니라고 박박 우기는 꼴이 참으로 한심했기 때문이다.

그 모습에 쌍심지를 돋운 정성도가 가오성을 향해 일갈을 내지르려던 찰나, 필보경이 나섰다.

"명령에 죽고 명령에 사는 것이 철혈검대원들의 숙명임은 예나 지금이나 변함이 없다. 다만 명령을 내리는 자가 중전의 호위대 출신이라는 것이 문제지."

"거, 간만에 옳은 말씀을 하십니다. 갑자기 궁금한 것이 하나 있는데, 제가 알기로는 철혈검대장은 대원 중에서 선출이 되는 것이 규율인 줄 아는데, 어떻게 호위대 출신의 인물이 철혈검대장이 될 수 있었던 겁니까?"

입을 열 때마다 고통이 밀려왔지만, 가오성의 이죽거림은 멈추질 않았다.

안우문이 철혈검대장이 될 수밖에 없었던 이유는 모든 철혈무가의 사람이 다 알고 있었다.

가오성 또한 너무나도 잘 알고 있는 사실이었다.

결국 가오성의 언사는 현 철혈무가의 행태를 비꼬는 말에 불과했다.

그것을 모를 리 없는 정성도는 바득바득 이만 갈 뿐이었다.

"궁금한데 아무도 대답을 안 해주네. 에휴, 그럼 난 잠이나 자야겠다. 혈불 눈깔을 뽑느라 간만에 힘 좀 썼더니 피곤하네. 적위야, 형님 피곤하시니까 어깨 좀 빌려야 쓰겠다."

가오성이 노적위에 어깨에 머리를 기대며 중얼거렸다.

그런 그를 힐끗 쳐다보며 노적위가 피식 미소를 흘렸.

"청도문의 문제도 중요하겠지만, 저희에게는 아가씨의 안위가 최우선입니다. 이는 비단 저만의 생각은 아닐 것입니다. 우리가 볼 수 없는 적은 언제나 우리 곁을 맴돌고 있습니다. 그들이 누구이든 월하정 호위무사들은 상관치 않습니다. 중요한 건 아가씨를 해하려 하는 모든 이들이 우리의 적이란 사실이고, 더불어 아가씨의 안전에 조금이라도 누가 되는 행동을 하는 자들 또한 우리의 적이 되어야 할 것입니다."

그동안 잠자코 있던 건유운이 단호한 어조로 입을 열었다.

그에 모두가 고개를 끄덕이며 그의 말을 수긍했다.

"이 자리에서 확실히 밝혀둘 점은, 이번 여정의 책임자는 철혈검대장이 아닌 아가씨란 사실입니다. 비록 강호의 경험이 일천한 아가씨지만 이 사실은 변함이 없을 것입니다. 해서 조장님들께 부탁을 하나 드리자면, 아가씨께 힘이 되어주십시오. 행여 조장님들께서 불이익을 당하실 수 있겠지만, 이렇게 부탁을 드립니다."

건유운이 깊이 고개를 숙이며 말했다.

"만에 하나 아가씨의 안위에 문제가 생긴다면 이 단 모, 죽어서도 가주를 뵐 수 없을 것입니다. 오히려 제가 부탁을 드려야 하는 일이거늘, 부끄럽습니다."

단필엽의 표정에는 비장함마저 어려 있었다.

그 모습에 정성도의 심기는 점점 불편해지고 있었다.

이 사건의 전말을 모두 아는 그로서는 상황이 이상하게 꼬여 간다는 사실에 불안한 마음을 금할 수가 없었던 것이다.

'어서 조치를 취하지 않으면 큰일이 나겠구나. 멍청한 마두 놈 때문에 호미로 막을 일을 가래로 막게 생겼어.'

* * *

삼합회 제남지부의 인물들이 임시 거처로 사용하고 있는 허름한 객잔 안 한구석에서 원치경과 도삼이 얼굴을 가까이 맞대고 이야기를 나누고 있었다.

그런 그들의 표정은 혼란스럽기 그지없었다.

"어떤 개놈들이 우릴 죽이려고 작정을 한 게 분명합니다. 지금 저자에 삼합회가 철혈검대를 공격했다고 아주 난리도 아닙니다. 곧 백도련이랑 삼합회가 크게 한판 뜰 거라는 둥. 참내, 기가 막혀서 말도 안 나오네. 썅! 정말 그 잡것들 누굴까요? 난 아무리 생각해도 그 새끼들 무림맹 놈들 같은데……."

도삼이 관자놀이를 벅벅 긁어대며 말을 했다.

"아무리 무림맹이 백도련을 견제하고 있다 하나, 혈불까지 끌어들이는 어리석음을 저지르겠느냐?"

"그러니까요. 혈불까지 끌어들인 것을 보면 역시 무림맹이라고 하기에는 무리일 겁니다."

"방금 전에는 무림맹이라 하질 않았느냐?"

"험험, 뭐, 지금 그런 게 중요한 게 아니잖습니까. 앞으로 어떻게 이 사태를 처리할 것인가가 중요한 거지."

나름 이 상황에 대해 깊은 고민을 하는 척하지만, 사실 도삼이 고민하는 건 딱 한 가지였다.

어떻게든 원치경을 꼬셔서 제남지부를 떠나는 것이 도삼의 유일한 고민이자 걱정이었던 것이다.

철혈검대를 공격한 인물이 누구인지, 혈불이 왜 월하정 호위무사들을 공격했는지, 또 그들 상호 간의 연관성이 무엇인지 이런 것은 애당초 일말의 고민조차 없었던 도삼이다.

"저런 허접한 놈들을 데리고 대체 무슨 수로 철혈검대를 막나. 혈불을 쓰러뜨린 월하정 호위무사 놈들을 또 어떻고……. 대막을 벌벌 떨게 만들던 천하의 흑풍대 용병대장이라도 이번만큼은 정말 힘이 들 텐데. 아암, 아무리 흑풍대주라도 이번만큼은 버겁지. 아암, 버겁고말고."

"후후후……."
도삼의 중얼거림에 원치경이 실소를 흘렸다.
"도삼아……."
"뭔 또 이상한 말을 하려고 그런 눈으로 쳐다보는 거유."
"정말 궁금하지 않더냐?"
"뭐가 말이우?"
도삼이 이번엔 또 무슨 말을 할까 의심 어린 눈초리로 원치경을 째려봤다.
"그들이 가진 본연의 실력이 말이다."
"그들이라니요? 월하정 걔네요?"
도삼의 물음에 원치경이 고개를 끄덕였다.
"안 궁금한데요. 진짜, 절대요."
애써 아닌 척하지만 도삼은 무척 궁금했다.
오히려 원치경보다 호승심이 강한 그로서는 당연한 일이었다.
지금 이 순간도 당장 그들과 한번 붙어보라면 신명나게 놀아볼 의향이 있었다.
그러나 우선은 제남지부를 튀는 게 우선인지라 가식적일지라도 아닌 척해야만 했다.
하지만 어찌 도삼이 원치경의 눈을 속일 수 있을까.
벌써부터 도삼의 속마음을 훤히 꿰뚫고 있는 원치경이었다.
"내 말했잖소. 나, 걔네들 중 한 명과 싸워도 이길 자신 없다니까요. 어휴, 엄청 강하더만. 혈불이 뉘 집 개 이름이오? 그런 혈불을 그냥 개떡으로 만들어 버리더만. 어디 그뿐이오. 거 왜 남자 두 놈 있었잖소. 걔네는 정말 인간이 아니더만. 마지막에 불쑥 튀어나온 놈도 그렇고. 여자는 좀 예쁘더만. 흠흠."

도삼이 진저리를 치며 이야기했다.

"정말 제남지부를 떠나고 싶은 게냐?"

원치경이 도삼의 두 눈을 똑바로 쳐다보며 물었다.

"떠나시려고요? 드디어 마음 정한 겁니까?"

"그저 네 솔직한 마음을 듣고 싶어 물은 것이다."

"참내, 그걸 뭘 물어봅니까. 당연한 거지."

도삼이 어이가 없다는 양 중얼거렸다.

"네 생각이 정히 그렇다면 어쩔 수 없구나. 내 한번 생각해 보마."

"그 말, 정말이우?"

도삼이 화색을 밝히며 묻자 원치경이 고개를 끄덕였다.

하지만 정작 원치경으로부터 듣고 싶은 말을 들었는데 왠지 모르게 도삼의 얼굴 한편에는 아쉬운 빛이 어려 있었다.

그 아쉬움이 무엇 때문에 기인한 것인지 원치경은 너무도 잘 알고 있었다.

"지부장님……."

그때, 한 수하가 원치경과 도삼의 곁으로 다가와 조심스럽게 입을 열었다.

"어른들 중요한 말씀을 나누시는데, 쌍! 어디서 껴들어! 뒈지려고!"

도삼이 수하를 향해 두 눈을 부라렸다.

하지만 그의 윽박질에 겁을 집어먹을 만도 하련만 수하는 눈썹 하나 꿈쩍 않았다.

아니, 수하는 비실비실 웃기까지 했다.

그런 수하를 향해 원치경이 물었다.

"무슨 일이더냐?"

"무유화 일행이 철혈검대와 합류했습니다. 조만간 청도문으로 향할 것 같습니다. 어떻게 할까요? 애들한테 제남지부로 복귀하라 이를까요?"

"으음……."

수하의 보고에 원치경이 잠시 고민했다.

"부원들에게 그리 하라 이르고 복귀를 하면 내가 도착할 때까지는 그 어떤 행동도 취하지 말라 지부 객들과 부원들에게 이르거라."

"알겠습니다. 그런데 지부장님께서는 언제쯤 복귀하실 예정이십니까? 애들이 많이 불안해할 텐데요."

수하가 불안한 표정으로 물었다.

언제부터인가 원치경과 떨어져 있으면 제남지부원들은 괜한 불안감에 시달렸다.

그만큼 원치경은 삼합회 제남지부원들에게 커다란 믿음을 주는 인물이었다.

"곧 돌아갈 것이니 너무 걱정은 말거라."

"예. 그리 알고 그럼 먼저 복귀토록 하겠습니다."

수하가 원치경을 향해 고개를 숙이곤 이내 자리를 뜨자, 원치경이 도삼을 향해 짧게 말했다.

"우리고 그만 가자."

"지금 당장이요?"

도삼이 이건 너무 빠르지 않나 싶어 물었다.

"여기서 더 할 일이 남은 게냐?"

"아니, 그래도 너무 빠른 거 아닙니까?"

"빠르다니, 지금 너 뭔 소리를 하는 게냐?"

오히려 원치경이 황당한 표정으로 되물었다.

"튀자는 거 아니었습니까?"

"튀긴 어딜 튀어? 철혈검대의 동향을 파악하러 가자는 말이거늘……."

"아씨! 아깐 튀자면서요? 튀는데 뭔 동향을 파악을 하러 갑니까?"

도삼의 얼굴에 짜증이 다분했다.

"한번 생각해 본다고 했지 내 언제 튄다고 말했느냐? 따르거라. 얼른."

원치경이 더 할 말이 없다는 듯 이내 자리를 떴다.

그에 도삼이 고개를 푹 떨어뜨리곤 한숨을 푹푹 내쉬며 중얼거렸다.

"내가 정말 저 인간이랑 같이 다니면서부터 늙는다, 늙어. 썅!"

* * *

안우문의 거처로 마련된 야전 천막 안으로 무유화가 좌우로 건유운과 윤을 대동한 채 들어섰다.

그리고 그들의 뒤로 단필엽과 용소진, 그리고 여균이 뒤따라 모습을 드러냈다.

"거, 걱정이 이만저만이 아니었는데, 이렇게 무탈하시다니 정말 다행입니다. 너희들도 고생들 많았구나."

안우문이 무유화를 안전을 반기고는 이내 월하정 호위무사들과 철혈검대 조장들을 번갈아 바라보며 입을 열었다.

분노에 찬 일갈이 떨어질 줄 알았던 단필엽으로서는 다소 황당한 일이었다.

하지만 그 누구도 알 수 없었다.

지금 이 순간 가장 황당한 사람은 그 누구도 아닌 바로 안우문이었다.

"어디 다치신 곳은 없습니까?"

안우문이 무유화에게 손수 자리를 권하며 물었다.

"이상하군요. 제가 왜 다쳤을 거라 생각하는지요?"

무유화가 의아한 표정으로 오히려 되물었다.

순간 안우문의 눈빛이 잠깐 흔들렸다.

"그야 당연히 철혈검대를 공격했던 삼합회의 무리가 아가씨에게도 해를 가하려 했음이 분명하기에……."

안우문은 철혈검대를 공격한 무리를 아예 삼합회라고 단정을 짓고 말했다.

그것이 못내 의아한 무유화였지만, 별반 표정 변화는 보이질 않았다.

"네. 분명히 낯선 이들이 저희를 공격한 것이 사실입니다. 그 사실을 그토록 정확히 예상하신 대장께서 용 조장에게 복귀를 명하시다니 저로서는 조금 서운하군요."

무유화가 질책에 가까운 어투로 안우문을 다그쳤다.

예전 나약하게만 보였던 무유화는 찾아볼 수 없을 만큼 왠지 모를 위엄이 서린 모습이었다.

그 모습이 낯설었음인가.

안우문이 더욱 당황하여 말을 잇지 못했다.

"철혈검대의 규율이 엄한 것으로 알고 있습니다. 전장을 이탈한 조장들에 대한 처분이 궁금하군요."

한술 더 떠 무유화가 당돌한 태도로 안우문에게 물었다.

"물론 아무런 보고도 없이 전장을 이탈한 것은 엄벌에 처해져야만 마땅하나, 시급을 다툴 수밖에 없는 아가씨의 안위에 관계된 문제이므로 이번 일만큼은 전례를 깨고 조용히 넘어갈까 합니다."

"고맙군요. 안 그래도 저를 걱정해 주신 분들이 엄벌에 처해진다면 제가 어찌 조장님들께 고개를 들 수 있을까 오는 내내 고민이 많았답니다."

"그런 걱정으로 아가씨께서 고민을 하셨다니, 정말 죄송할 뿐입니다. 용서하십시오."

가식인지 진심인지는 모르나 안우문이 무유화를 향해 정중히 고개를 숙여 용서를 구했다.

"대장께서 어찌 제게 죄송하다는 말입니까. 이 모두가 못난 저 때문에 벌어진 일이거늘. 고개를 드십시오."

"감사합니다, 아가씨."

안우문이 무유화에게 짧게 답례를 했다.

'과연 핏줄은 못 속인다는 건가?'

안우문이 무유화의 눈치를 조심스럽게 살피며 내심 중얼거렸다.

그저 객방의 손님쯤으로 여겨지던 무유화건만, 안우문은 그런 그녀에게서 비록 잠깐이지만 생전 무진강의 모습을 볼 수 있었다.

"앞으로 청도문에 도착할 때까지는 본대와 같이 이동하는 것이 나을 듯합니다. 아무래도 삼합회의 암습이 마음에 걸리니 말입니다."

안우문이 조심스럽게 입을 열었다.

"아닙니다. 그럴 필요까지는 없을 듯합니다. 저로 인해 계획을 바꿀 수는 없는 일이지요. 약속대로 저는 후발대로 움직일 것이니 본대는 하루라도 빨리 청도문에 도착할 수 있도록 하십시오."

"아가씨께서 본대와 합류를 하신다 하여 여정에 차질이 빚어지는 것은 아니니 제 말씀대로 하시는 것이 어떻겠습니까? 굳이 위험을 감수하실 필요는 없질 않겠습니까."

안우문이 간곡한 어투로 무유화를 타일렀다.

하지만 무유화는 자신의 뜻을 결코 굽힐 마음이 없는지 곧바로 입을 열었다.

"적들의 도발이 무서워 철혈무가의 여식인 제가 몸을 사린다면 세상에 이보다 더 큰 웃음거리가 또 어디 있겠습니까. 저세상에서 지켜보고 계실 아버지께서도 크게 노하실 일이 분명할 것입니다. 그리고 저는 월하정의 무사님들을 믿고 있습니다. 그

분들이 저와 함께하는 한 그 누구도 저를 해하지는 못할 것입니다."

철혈염가의 하늘 아래 철혈무가라는 말을 대놓고 들먹이는 무유화.

그 모습에 안우문이 눈살을 찌푸렸다.

"으음……"

안우문의 입에서 고민 가득한 신음이 절로 새어 나왔다.

'저 자신감은 대체 어디서 나온 것이란 말인가! 그만큼 월하정의 호위무사들을 믿는다는 것인가. 그것만으로는 부족하거늘……'

눈에 띌 정도로 갑자기 변한 무유화의 종잡을 수 없는 태도에 안우문은 혼란스러웠다.

가뜩이나 일이 틀어져 마음이 불편한데, 엎친 데 덮친 격으로 무유화가 신경을 톡톡 건드렸던 것이다.

사실 무유화의 심경 변화에 커다란 영향력을 행사한 사람은 그 누구도 아닌 우습게도 대마두 혈불이었다.

그가 야기한, 생전처음 보는 끔찍하고도 무서운 광경에 무유화의 놀람이 컸던 만큼 그녀의 깨달음도 덩달아 컸던 것이다.

어찌 보면 혈불 무리의 공격은 그동안 나약한 모습의 한 여인으로 살아온 무유화가 무가의 여식으로 새롭게 태어나도록 도와준 대사건이라 할 수 있었다.

* * *

야심한 새벽녘.

임시로 마련된 안우문의 천막 안으로 정성도가 은밀하게 방문했다.

"……."

얼굴을 마주한 안우문과 정성도의 얼굴에는 진한 먹구름이 잔뜩 깔려 있었다.

"대체 어찌 된 것인가? 어째서 월하정의 놈들 모두가 두 발로 이곳까지 걸어온 것이냐?"

안우문이 사뭇 노한 음성으로 정성도에게 물었다.

"죄송합니다."

정성도가 짧은 한마디를 내뱉곤 결국 고개를 떨어뜨렸다.

"내가 죄송하다는 말을 듣고 싶어 꺼낸 말인 줄 아느냐? 왜 저놈들이 죽어 있지 않고 살아있느냔 말이다."

"실패하였습니다."

정성도가 고개도 들지 못하고 짧게 대답했다.

"어째서? 혈불이 계약을 파기라도 했다는 말이냐?"

"그런 것이 아니라 혈불은 제시간에 맞춰 공격을 감행했습니다."

"그런데?"

안우문이 의심 어린 눈초리로 물었다.

"왜 대답이 없느냐?"

"방금 전 말씀을 드렸듯 실패했습니다."

"그걸 지금 나보고 믿으라는 말이냐. 하아, 좋다. 그럼 혈불은 어찌 되었는가?"

안우문이 긴 한숨을 내쉬곤 물었다.
"죽었습니다."
"뭐, 죽어?"
안우문이 놀라 되물었다.
월하정 호위무사 모두가 저리 멀쩡한데 어찌 혈불이 죽었단 말인가.
혈불이 죽을 정도라면 월하정 호위무사들도 멀쩡할 수만은 없었을 텐데.
"누가 혈불을 죽였단 말인가?"
"가오성입니다."
"뭐라? 가오성이?"
이번엔 더 놀란 표정으로 안우문이 되물었다.
'대체 이것이 말이 되는 소리란 말인가!'
일순 안우문의 머릿속이 텅텅 비었다.
혈불이 누구던가.
자신조차 그 승부를 장담할 수 없는 강호가 인정한 고수다.
그런 혈불을 가오성이 죽였다니.
"월하정 놈들의 무위가 예상 외로 강했던지라……."
"그걸 지금 변명이라고 말하는 것이냐? 혈불이 죽어갈 동안 대체 너는 무엇을 하고 있었던 게냐?"
안우문이 침까지 튀겨가며 따지듯 물었다.
자신의 잘못도 아니거늘, 그럼에도 정성도는 아무런 대꾸도 할 수가 없었다.
괜히 입을 열었다간 더 큰 불호령이 떨어질까 두려웠던 까닭이다.

"그래서 혈불의 일당은 어찌 되었느냐?"

"대부분은 그 자리에서 숨을 거두었고, 부상을 입은 네 명이 도주에 성공했습니다."

"혹 입을 연 자가 있더냐?"

안우문이 안면을 찡그리며 물었다.

"없습니다."

"으음……."

그나마 다행이었는지 안우문의 표정이 조금은 풀렸다.

정성도가 이때다 싶었는지 곧바로 입을 열었다.

"바보 윤에 대해서 말씀드릴 것이 있습니다."

"그 바보 놈이 왜?"

안우문의 퉁명스럽게 물었다.

"알고 보니 바보가 아니었습니다. 그 무위 또한 상상 이상이었습니다. 그 바보 놈만 아니었어도 죽은 건 혈불의 무리가 아닌 월하정의 놈들이었을 텐데……."

정성도는 윤으로 인해 이번 계획이 실패했다고 확신하고 있었다.

하지만 그의 생각은 분명한 오판이었다.

윤이 가담함으로써 싸움의 판도가 급격히 기운 것은 사실이나, 은영사주 건유운이 있는 한 싸움의 결과는 변함이 없었을 것이다.

"바보가 아니라니? 그럼 음 부인께서 이르신 말씀이 사실이었단 말이냐?"

"그렇습니다."

"그것이 정말 사실이었다니……."

안우문이 놀라 잠시 멍한 표정을 지었다.

그만큼 윤이 바보가 아니라는 사실이 믿기 힘들었던 까닭이다.

"가주와 음 부인께서는 지금쯤 월하정 호위무사들이 죽었을 것이라 생각하고 계실 터인데……. 이거 큰일이 아닌가."

"어쨌든 전갈은 띄워야 할 것이 아니겠습니까?"

"그래야겠지."

안우문이 힘없이 중얼거렸다.

그런 그의 표정을 힐끗힐끗 살피며 정성도가 물었다.

"철혈검대의 분위기는 어떻습니까?"

"그건 또 무슨 뚱딴지같은 질문이냐?"

"그것이……."

정성도가 말끝을 흐렸다.

"답답하니 질질 끌지 말고 어서 말하여라."

"단필엽을 필두로 한 몇몇 조장이 대장을 의심하고 있습니다. 물론 저 또한 의심을 피하지 못하고 있습니다."

"뭐라? 단필엽이 나를? 하아, 이거야 원!"

안우문이 기가 막혔는지 허탈한 웃음을 터뜨렸다.

갈수록 태산이었다.

멀쩡히 살아 있는 월하정 호위무사만으로도 머리가 지끈거리는데, 철혈검대를 실질적으로 이끄는 조장들까지 골치를 썩이려 하다니.

"그 언사와 태도를 보아하니 애초부터 중전에 충성할 마음이 없던 놈들인 것 같습니다."

"후후후, 그럴 만도 하겠지. 아직까지 세상이 바뀐 줄도 모르는 전 가주의 충성스런 개들이었으니 말이야."

안우문의 입가에 잔인한 미소가 걸렸다.

"이제라도 그놈들의 본모습을 알게 되었으니 오히려 잘된 일이군. 본가로 복귀하는 날이 바로 그놈들의 제삿날이 될 것이다."

第八章 염부심, 철혈문가로 돌아오다

수호무사

겹경사가 따로 없었다.

염화탁이 백도련주로 추대받은 날과는 또 다른 느낌의 경사였다.

그 어느 집이 다 그렇듯 자신이 잘되는 것보다 더욱 큰 기쁨은 자식이 성공하는 것이리라.

드디어 그토록 염원하던 백도련주가 된 염화탁도 여느 부모의 마음과 마찬가지였다.

마침내 집으로 돌아온 염부심을 반기는 그의 두 눈가엔 굵직한 눈물까지 흘러내렸다.

"……"

차가운 대전 바닥에 큰절을 올리는 염부심.

그 모습을 바라보는 염화탁과 음서서의 기쁨은 이루 말할 수가 없었다.

세상을 모두 얻은 느낌이 이럴까 싶었다.

"그간 강녕하셨습니까, 아버님, 어머님."

절을 마치고 일어선 염부심이 두 어깨를 쫙 펴곤 공손히 말을 했다.

예전 병색이 완연했던 모습은 온데간데없고, 위풍당당한 젊은 청년이 되어 돌아온 염부심.

그 모습에 염화탁과 음서서는 또 한 번의 기쁨을 맛볼 수밖에 없었다.

"그간 고생이 많았겠구나."

눈물을 펑펑 흘리는 음서서와 달리 염화탁은 애써 담담한 척 입을 열었다.

"고생이라니요. 소자, 몸도 마음도 무척이나 편했습니다."

염부심의 건강한 모습을 보니 그동안 졸이던 마음이 일시에 녹아내렸다.

"대견하구나, 내 아들. 정말 대견하구나."

대전으로 뛰다시피 내려온 음서서가 염부심의 두 볼을 어루만지며 눈물을 글썽였다.

"이 기쁜 날 왜 이리 우시는 것입니까. 눈물을 거두십시오, 어머니."

염부심이 부드러운 미소를 입가에 매달곤 음서서의 눈물을 닦아주며 말을 했다.

"먼 길을 오느라 피곤할 터인데 어서 들자꾸나."

음서서가 염부심의 허리를 꼭 안으며 말하자, 염부심이 더욱 좁아진 음서서의 어깨를 포근히 감싸며 걸음을 옮겼다.

"그래, 몸은 좀 어떻더냐?"
한눈에 봐도 몰라보게 달라진 염부심이지만, 그래도 걱정이 었는지 염화탁이 조심스레 물었다.
"넘치는 힘을 감당할 수 없을 만큼 더없이 좋습니다."
염부심이 조금 과장된 표현으로 대답했다.
하지만 그 말이 결코 허언은 아니었다.
'그 성취 또한 무척이나 깊구나. 어찌 그 짧은 시간 동안 이리도 강건하게 변했단 말이냐.'
염화탁이 고개를 주억거리며 내심 감탄을 터뜨렸다.
염화탁이 바라본 염부심의 눈빛은 무척 깊고 고요했다.
이는 육신의 성취뿐만이 아니라 심기 또한 더없이 깊어졌음을 의미했다.
"적 소협과 같이 온 걸로 아는데, 그가 안 보이는구나."
얼마 전 당도한 전갈에 의하면 적여립과 같이 온다 했는데 그가 보이지 않자 염화탁이 궁금하여 물었다.
"인근에 급한 볼일이 생겨 내일쯤 찾아뵈어 인사를 드리겠다고 양해를 구했습니다. 아버님, 백도련주가 되심을 감축 드립니다."
"감축은 무슨. 어쨌든 고맙구나."
"저자에 소문이 자자하더군요. 이 소자, 아버님의 소식을 접하고 얼마나 가슴이 벅차오르던지. 하하."
항상 얼굴에 그늘이 져 있던 염부심이지만, 그 모두가 이젠 옛말에 불과했다.

그 웃음에 남아의 기상이 물씬 풍겼고, 그 언행 하나하나에 자신감이 충만했다.

"적 소협에게 어찌 감사를 해야 할지……."

아직까지 글썽이는 음서서가 소매로 눈물을 훔치며 입을 열었다.

"그러게 말이오."

매번 적여립을 두둔했던 음서서를 타박만 하던 염화탁이 그녀의 말에 동의하고 나섰다.

아마도 기대 이상으로 변한 염부심의 확 달라진 모습에 그동안 쌓아왔던 적여립에 대한 불신이 일시에 사라졌기 때문인 것 같았다.

"그나저나 여독이 풀리면 해야 할 말이지만, 이제 부심이 너도 이 아비를 도와 철혈염가의 부흥을 이끌어야 하지 않겠느냐?"

달라진 염부심을 보고 갑자기 욕심이 솟구친 염화탁이 염부심의 의중을 물었다.

"여부가 있겠습니까. 이 소자, 그동안 아버님과 어머님의 속만 썩여드려 그것이 못내 죄송해 고개를 들 수가 없었습니다. 하지만 지금부터라도 열심히 배워 부모님이 베푸신 은혜에 보답할 것입니다."

"하하하! 아암, 그래야지. 그래야 내 아들이 아니겠더냐!"

염부심의 거침없는 대답에 염화탁이 갑자기 파안대소를 터뜨리며 기쁜 마음을 감추지 않았다.

짧은 해후를 마치고 염부심이 곧바로 찾아간 곳은 월하정이었다.

"……"

분위기가 을씨년스러울 정도로 한산한 월하정의 정원을 거니는 염부심의 감회가 새로웠다.

"유화, 당신이 얼마나 그리웠는지 아시오. 당장에라도 그대에게 달려가고 싶지만. 후후……. 기다리는 조바심 또한 나를 기쁘게 하는구려."

염부심은 무유화에게 달라진 자신의 모습을 하루라도 빨리 보여주고 싶을 뿐이었다.

그래서 무유화가 없음을 뻔히 알고 있으면서도 한달음에 달려온 월하정이다.

"……"

그녀의 체취가 묻어 있는 월하정을 거니는 것만으로도 무유화의 숨결이 느껴지는 듯했다.

한 여인만을 가슴속에 그리며 가슴 졸이며 살아왔던 지난날들.

염부심에게 있어선 이십여 년의 과거는 지옥이나 다름없었다.

하지만 이제는 기다림마저 하나의 기쁨이 되어버렸다.

"고, 공자님……."

정원을 거니는 염부심을 발견한 소은이 떨리는 음성으로 허리를 숙였다.

"이게 누구더냐? 소은이가 아니더냐? 안 본 사이 어엿한 숙녀가 다 되었구나."

염부심이 사람 좋은 미소를 지으며 말을 했다.

하지만 소은에게 있어 염부심은 결코 가까워질 수 없는 두려운 존재였다.

"아, 아가씨께서는······."

"청도문으로 간 것을 알고 있다. 그냥 한번 들러본 것이니라."

소은이 입을 열기가 무섭게 염부심이 말을 했다.

"강녕하셨습니까, 공자님."

"보다시피 아주 좋구나. 그래, 그간 별일없었느냐?"

"가주님의 보살핌에 편히 지냈사옵니다. 항상 감사한 마음뿐이옵니다."

"후후후······."

소은의 입에 발린 말에 염부심이 쓴웃음을 지었다.

"다행이구나. 그럼 일보거라. 다음에 다시 들르도록 하마. 아 참, 내가 오다가 소은이 네가 생각나서 하나 샀는데, 받아라."

"무, 무엇입니까?"

소은이 잔뜩 어깨를 움츠리곤 물었다.

"괜찮으니 받거라. 장신구니라. 비싼 건 아니니 부담 가질 필요는 없다."

염부심이 아담한 장신구를 소은에게 건네며 말했다.

하지만 소은은 어쩔 줄을 몰라 애처롭게 두 손만 비빌 뿐이었다.

그런 소은의 한쪽을 낚아챈 염부심이 그녀에게 반강제적으로 장신구를 넘겨주며 입을 열었다.

"예전에 네게 저지른 잘못이 생각나 미안해서 그런 것이다. 아직까지 그 일 때문에 내가 불편하다면 내 성의를 봐서라도 이제는 좀 봐줄 수 없겠느냐?"

"고, 공자님······."

감동인지 두려움인지 모를 묘한 감정에 소은의 두 눈이 파르르 떨렸다.

염부심이 그런 소은의 어깨를 몇 번 도닥여 주곤 이내 월하정을 벗어났다.

*   *   *

콧노래까지 흥얼거리는 염화탁.

반복되는 일상의 지루함마저도 이제는 염화탁에게 있어서는 즐거움의 하나였다.

하루하루가 이토록 즐거운 적이 과연 있었을까 싶다.

하지만 오늘.

만면에 미소가 떠나질 않던 염화탁의 표정이 사뭇 딱딱하게 굳어졌다.

방금 전, 안우문으로부터 날아온 전갈을 확인한 후의 일이다.

"······."

염화탁에게 전갈을 건넸던 중전호위대장 심도학이 그의 명을 조용히 기다렸다.

하지만 염화탁의 입은 쉽사리 열리지 않았다.

안우문이 띄운 전갈의 내용이 준 충격이 아직까지 가시지 않은 까닭이다.

전갈의 내용은 간단했다.

계획이 실패했다는 것과 철혈검대원들의 배반 가능성, 그리고 차후의 명을 기다린다는 내용이었다.

여기까지 읽은 염화탁은 월하정 호위무사들의 실력이 뛰어나니 그럴 수도 있겠다 싶었다.

철혈검대원의 배반 가능성은 다소 의아한 부분이었지만, 그들의 본질을 생각한다면 이 또한 이해할 수 없는 부분은 아니었다.

물론 예전의 그였다면 탁자가 산산이 부서졌겠지만, 염부심이 돌아온 후의 염화탁은 어지간한 일에는 화를 내지 않았던 것이다.

그런데 문제는 그다음의 내용이었다.

'윤이 바보가 아니라니! 정녕 부인의 말이 사실이었단 말인가!'

염화탁의 두 눈이 심하게 흔들렸다.

가슴까지 두근두근 뛰었고, 지금까지 그 어린놈에게 속았다고 생각하자 진한 분노까지 치밀었다.

'정녕 독한 놈이로다!'

수많은 멸시를 이겨내며 그 오랜 세월을 버텨온 윤을 생각하니 염화탁은 절로 이가 갈렸다.

그렇게 음서서의 말을 부정했건만 모든 것이 사실이라니.

"혈불을 뛰어넘는 실력자를 찾을 수 있겠나?"

염화탁이 침묵을 깨며 물었다.

"찾는 것은 어렵지 않겠으나, 그들을 포섭하는 것은 아무래도……"

심도학은 차마 불가능이란 말을 꺼내지 못했다.

사실 혈불을 포섭하는 데에도 꽤 많은 애를 먹고서야 성공할 수 있었다.

하물며 그 이상의 고수라면이야 더 이상 말할 가치도 없었던 것이다.

"그래도 노력해 주게."

"알겠습니다, 가주."

염화탁의 심중을 읽은 심도학이 공손히 대답했다.

그때였다.

"아버님, 부심입니다."

집무실 밖에서 들려온 염부심의 음성에 염화탁의 표정이 일순 밝아졌다.

"들어오너라."

염화탁의 명에 염부심이 조심스럽게 집무실의 문을 넘었다.

"적여립이라 합니다. 이렇게 가주님을 뵙게 되어 무한한 영광입니다."

염부심를 따라 집무실로 들어온 적여립이 허리를 깊이 숙이며 입을 열었다.

"오, 그대가 적 공자시구려. 어서 오시오."

염화탁이 자리에서 벌떡 일어나 적여립에게 손수 자리를 마련해 주었다.

"대장, 그 일은 조금 뒤 다시 이야기 나누도록 하세."

"알겠습니다. 그럼 말씀들 나누십시오."

심도학이 세 명의 사내에게 번갈아 인사를 던진 후 이내 집무실을 벗어났다.

"제가 방해가 된 건 아닌지……."

적여립이 다소 미안한 표정으로 말끝을 흐렸다.

"아니, 그 무슨 말씀이오. 절대 그런 생각 마시구려."

염화탁이 손사래까지 치며 말을 했다.

"기별이라도 좀 넣질 그랬느냐?"

"워낙 조용조용 움직이는 분이시라 저도 방금 전 적 공자께서 당도하신 걸 알았습니다."

"그나저나 적 공자께 어찌 감사를 드려야 할지……. 정말 고맙소."

염화탁이 진심 어린 말투로 말을 했다.

"아닙니다. 가주님과 음 부인의 배려가 없었다면 감히 엄두도 못 낼 일이었습니다. 이 모두가 가주님의 공덕이 아니겠습니까."

"껄껄껄!"

공치사를 자신에게로 돌리는 적여립의 말에 염화탁이 호방한 웃음을 터뜨렸다.

"이렇게 귀한 손님이 오셨는데 이런 대접이라니. 가만있자, 밖에 아무도 없느냐?"

"이미 어머님께 기별을 넣고 오는 길이니 그 점은 걱정하지 않으셔도 될 것입니다."

"그것 참 잘했구나."

눈치 빠른 염부심의 행동에 염화탁이 고개를 주억거리며 만족한 미소를 지었다.

"저 때문에 괜히……. 죄송합니다."

"어허! 아니래두. 자꾸 그리 고개를 숙이면 내 체면이 대체 뭐가 되냔 말이오. 제발 그러지 마시오, 적 공자."

아무리 강호에 그 위명이 자자하다 하나, 그런 염화탁도 결국은 아버지일 수밖에 없었다.

"그나저나 호위대장과 무슨 말씀을 나누신 것입니까? 혹 좋지 않은 일입니까? 안색이 좋지 않아 보입니다."

"별일 아니니 걱정 말거라."

염화탁이 대수롭지 않다는 듯 말을 했지만, 그의 표정은 결코 그러질 못했다.

그것이 못내 걱정이었는지 염부심이 입을 열었다.

"소자가 알면 안 되는 일입니까?"

"그건 아니다만. 으음……."

염화탁이 난처한 표정으로 가벼운 한숨을 내쉬었다.

그 모습에 눈치 빠른 적여립이 조심스럽게 끼어들었다.

"가주님, 말씀 중 죄송한데, 잠시 자리를 비워도 괜찮겠습니까? 제가 속이 좀 불편하여……."

그렇게 적여립이 눈치껏 자리를 피한 후, 염화탁은 염부심에게까지 이 말을 해야 할까 심각하게 고민했다.

하지만 이 또한 염부심이 본가를 알아가는 과정이라 생각하자 그의 고민은 오래가지 않았다.

*　　　*　　　*

화려하게 꾸며진 염부심의 거처.

간단한 지시로 모든 일을 해결하는 음서서가 시녀들을 데리고 직접 꾸민 내실이라 그런지 그 분위기가 더욱 화사해 보였다.

"……."

적여립과 함께 자신의 거처로 돌아온 염부심이 내실을 정리하는 시녀들을 물리고 내실의 문을 굳게 닫아버렸다.

적여립이 객당에 머무른다는 것을 염부심이 극구 반대해 끌고 온 터였다.

"가주께서 뭐라 하시던가?"

적여립이 염부심에게 스스럼없이 하대를 내리깔았다.

그리고 염부심은 그런 적여립의 하대를 당연하게 받아들였다.

"청도문으로 떠난 월하정의 호위무사들을 제거하려고 하셨다는군요."

"어떻게?"

"제삼의 무리를 끌어들여 그들을 제거할 계획이셨다네요."

염부심이 다른 집 이야기를 하듯 건성건성 대답했다.

"누구를 끌어들였단 말인가?"

오히려 적여립이 대화에 더욱 적극적이었다.

마치 주객이 전도된 느낌이 들 정도였다.

"혈불과 팔악칠흉 중 몇 명을 끌어들이셨답니다."

"이런……."

적여립이 미간을 잔뜩 찌푸렸다.

혈불과 팔악칠흉으로 월하정의 호위무사들을 제거하려 했다니.

물론 그들도 나름 대단한 고수들이었지만, 적령과 맞선 윤과 호위무사들을 전부를 무너뜨리기에는 분명 역부족이었던 것이다.

"당연히 실패를 했겠군. 그래서 고민이시겠고……. 무엇 때문에 그리 성급하게 움직이셨을까?"

"유화 때문이겠지요."

"으음, 지금으로서는 아무래도 그 이유밖에 찾을 길이 없겠군."

적여립이 가벼운 신음성을 흘린 후 다시금 말을 이었다.

"그래서 가주께서는 어찌 움직이시려 하는가?"

"그들이 청도문에 도착하기 전 다시 한 번 더 계획을 세우려 하십니다. 그렇게 되면 혈불을 능가하는 고수들을 포섭하는 것은 당연한 수순이 되겠지요."

"그 짧은 시간 안에……. 쉽지는 않을 터인데."

적여립이 코끝을 매만지며 중얼거렸다.

"불가능이라고 봐도 무방하지 않겠습니까."

염부심이 담담한 음성으로 적여립의 말에 동의를 표했다.

"내가 나서면 될 듯도 한데, 가주께서 어찌 생각하실지가 걱정이군."

"제가 한번 운을 띄워볼까요?"

"으음……."

염부심의 물음에 적여립이 가느다란 한숨을 내쉬었다.

"아무래도 그래야만 할 듯싶군. 윤과 그들의 정체도 어차피 밝혀야 하니 오히려 잘된 일일 수도 있어."

적여립이 고민을 떨쳐 내곤 말했다.

"누구를 부르실 참입니까?"

염부심이 궁금해 물었다.

"자네 마음이 동해 있군."

적여립이 염부심의 속을 정확히 꿰뚫곤 입을 열었다.

"후후, 역시 대사형의 눈을 속이기란 힘든 일이군요."

"단둘일 때는 상관이 없겠지만, 당분간 우리가 사제지간이란 사실은 가주님께 숨기는 것이 좋을 듯하네."

"아무래도 많이 놀라시겠지요."

염부심이 거부감 없이 동의했다.

그리곤 재차 물었다.

"누구를 보내실 생각입니까?"

"적령의 얼굴은 알고 있을 테니 혁령과 원령이 좋겠군."

"후후, 사형들이 꽤 서운하겠군요."

"왜 사제들이 서운해한단 말인가?"

적여립이 의아해 물었다.

"고작 월하정을 지키는 개들을 잡으러 가는데 둘씩이나 이동을 해야 한다니, 자존심이 상하는 일이 아니겠습니까. 아니 그렇습니까?"

 염부심이 어깨를 살짝 으쓱거렸다.

 대단한 자신감이 아닐 수 없었다.

 염부심도 이제는 윤과 자신의 사형이 된 적령이 싸워 박빙을 이뤘다는 사실을 알고 있었다.

 그리고 월하정 호위무사들의 실력이 녹록치 않다는 것 또한 모르지 않았다.

 그런 그들을 한낱 집을 지키는 개들이라 표현을 하다니.

 이는 월하정의 무사들을 깔봄과 동시에, 어찌 보면 적령을 포함한 자신의 사형들을 깔본 것과 하등 다를 것이 없었다.

 "완성된 역천대법을 이겨낸 사제와 그들이 다르거늘······. 말이 좀 과하지 않은가."

 그 의미를 모를 리 없는 적여립이 노기를 감추지 않고 말을 했다.

 "제 말은 그런 뜻이 아니라······."

 "되었으니 그만 하게."

 적여립이 염부심의 말을 가차없이 잘라 버렸다.

 그의 유일한 혈육인 적령까지 무시하는 발언이 되어버렸으니, 이미 엎질러진 물이나 다름없었다.

 "······."

 둘 사이에 묘한 침묵이 흘렀다.

 그러기를 한참여.

 "죄송합니다, 대사형······. 소제가 부족하여 그만 실언을 하고 말았습니다. 용서하십시오."

염부심, 철혈무가로 돌아오다

염부심이 고개를 깊이 숙여 자신의 잘못을 뉘우쳤다.

그에 적여립이 표정을 누그러뜨리며 입을 열었다.

"아니네. 나 또한 사제의 말을 왜곡한 것 같아 마음이 편치 않네. 미안하게 됐네."

적여립 또한 곧바로 자신의 잘못을 인정하였다.

"아닙니다. 제 잘못이거늘……. 소제, 앞으로 조심토록 하겠습니다."

"그리 말해주니 고맙네."

적여립과 염부심이 둘 사이를 갈라놓았던 그동안의 어색함을 일시에 무너뜨려 버렸다.

그렇게 잠깐의 시간이 흐르고.

"아! 그리고 윤이 바보가 아니라 하더군요."

염부심이 대수롭지 않다는 듯 놀란 기색 하나 없이 담담하게 말을 했다.

염화탁의 가슴이 뛸 정도로 놀라운 소식이었거늘.

"윤이 바보가 아니었다? 그렇다면 조금씩 아귀가 맞아떨어지는 것 같군. 후후후……."

적여립 또한 염부심처럼 그다지 놀라는 기색이 없었다.

그저 그의 입가엔 싸늘한 미소만 맴돌 뿐이었다.

*　　　*　　　*

한 중년인이 호화롭게 꾸며진 집무실 창가에 서서 뒷짐을 진 채 창밖을 바라봤다.

그 깊이를 알 수 없는 눈빛과 남아의 기상이 느껴지는 당당한 체구를 가진 사내였다.

세인들은 이 사내를 두고 낭왕 나도진이라 했다.

낭왕(浪王) 나도진.

한 자루의 핏빛 거도로 거칠기 그지없는 낭인들을 통합한 자, 그도 모자라 이제는 삼합회주로 일컬어지는 사내.

그야말로 그는 사파의 전설이었다.

"회주, 객당에서 오만호란 자가 회주를 뵙기를 청하고 있습니다. 아시는 자입니까?"

머리가 희끗한 한 중년인 하나가 나도진을 향해 깊은 예를 차렸다.

"오만호?"

나도진이 이마를 간질이며 생각했다.

그러다 문득 생각이 났는지 그가 입을 열었다.

"예전에 내가 힘들었을 때 커다란 도움을 주었던 자요."

"아, 그렇습니까. 어찌할까요? 그럼 이곳으로 뫼실까요?"

"그리해 주십시오. 부탁드립니다."

얼마 뒤.

조촐한 주안상을 사이에 두고 나도진과 오만호가 자리했다.

"천주께서는 무탈하신가?"

모든 수하가 내실을 벗어나자 나도진의 태도가 갑자기 돌변했다.

"그렇습니다."

"다행이군."

오만호의 대답에 나도진의 표정에 안도감이 어렸다.

"직접 나를 찾아온 연유가 있을 터……. 무엇인가?"

그저 앉아만 있을 뿐인데, 나도진의 위엄에 오만호는 두 어깨가 절로 위축되었다.

어찌 그러지 아니할까.

나도진은 천외천 서열 칠위의 절대강자였다.

낭왕과 삼합회주는 빈 허울일 뿐, 그의 진짜 모습은 천외천의 모든 의결을 좌지우지하는 구천성(九天星) 중 일인이었던 것이다.

"대공자의 일급 전갈을 전하기 위함입니다."

오만호가 밀봉된 서찰을 두 손으로 공손히 받쳐 나도진에게 내밀었다.

대공자는 적여립을 말함이었다.

촤악—

나도진이 한 점 망설임없이 서찰을 찢어 펼쳤다.

"……."

담담한 표정으로 서찰을 읽어 내려가는 나도진.

그렇게 잠깐의 시간이 흐르고.

화르르륵—

순간 나도진의 손에 구겨진 서찰이 일순 형체도 없이 허공으로 사라졌다.

"천주께서는 뭐라 하시는가?"

"대공자의 청을 허락하셨습니다."

"으음……."

나도진이 신음성을 흘렸다.

그런 그의 표정이 사뭇 딱딱하게 굳어 있었다.

너무 서두르고 있다는 느낌을 좀처럼 지울 수가 없었기 때문이다.

이번 일도 그랬다.

염화탁의 성급함으로 초래된 일이거늘, 그 뒷마무리를 천외천에서 책임을 지려 하다니.

좀처럼 이해가 가질 않는 상황이었다.

물론 백도련을 포섭하기 위해선 필요할 수도 있는 일이었지만, 천령까지 나서게 한다는 것이 그의 마음을 꺼림칙하게 만들었던 것이다.

"그 아이, 염부심이라 했던가?"

"예, 성주님."

"지금 철혈무가에 있다고 들었는데, 적여립과 함께 있는 것인가?"

"그렇습니다."

"한번 만나보고 싶군."

완성된 역천대법으로 태어난 천령의 모습이 어떤지 나도진은 무척 궁금했다.

더구나 절맥지체라니.

"조만간 인사를 드리라 이르도록 하겠습니다."

"그럴 필요까지는 없다. 보는 눈이 이리 많거늘……. 내 한번 들르도록 하지."

나도진이 술을 한 모금 들이켜며 말을 했다.
"성주님……."
"더 전할 말이 있는가?"
"천주께서 이번 일을 마치는 대로 혁 공자와 원 공자의 복귀를 명하셨습니다."
"이유는?"
나도진이 짧게 물었다.
"그것은 저도 잘……."
오만호가 말끝을 흐리자 나도진이 이내 입을 열었다.
"알겠네. 그리하도록 하지."
그렇게 일각쯤 더 이야기를 나눈 후 오만호가 신형을 일으켰다.
그리고 그가 떠나기가 무섭게 혁령과 원령이 나도진의 거처를 방문했다.
"부르셨습니까."
나도진을 대하는 혁령과 원령의 태도는 지극히 공손했다.
"앉게."
나도진이 짧게 자리를 권했다.
"적여립으로부터 서찰이 하나 왔더군."
"……."
혁령과 원령의 얼굴에 궁금증이 어렸다.
"청도문을 향하는 월하정 호위무사들을 제거하라는 전갈이다."
"그들 모두를 말입니까?

혁령이 묻자 나도진이 고개를 살짝 끄덕였다.

"철혈검대는 어찌할까요?"

혁령이 또다시 물었다.

"월하정 호위무사들과 동행하는 모든 자에게 해당되는 말이다. 물론 무유화는 예외다."

"누가 움직일까요?"

"둘 다 움직인다."

"예?"

혁령과 원령이 동시에 두 눈을 치켜떴다.

꽤 놀란 눈치였다.

그런 그들을 향해 나도진이 계속 입을 열었다.

"청도문에 관여했던 천외천 무사 모두를 대동하고 움직인다. 그리고 임무를 완수한 뒤 그 즉시 본 문으로 복귀를 한다. 질문 있나?"

질문이 있을 리 없었다.

명이 떨어진 이상, 임무를 완수하면 그만이었기 때문이다.

*　　　*　　　*

어스름이 깔린 한적한 야산 곳곳에 일단의 무리가 삼삼오오 모여 있었다.

그 수가 일견하기에도 제법 많아 보였다.

범인처럼 평범한 복장을 한 사람들인데, 그 기세는 사뭇 날카로웠다.

다름 아닌 적여립의 명령을 받고 월하정 호위무사들을 제거하기 위해 모여든 천외천의 무사들이었다.

그리고 그들과 좀 동떨어진 곳에선 귀공자풍의 두 미청년이 두런두런 대화를 나누고 있었다.

그들이 앉은 자리엔 비단으로 짠 자리가 널찍하게 깔려 있었다.

그 하나의 모습에 그들의 신분이 어떠한지 능히 짐작할 수 있었다.

"기다리는 건 역시 따분해. 왜 하필 내가 이런 시시한 일을 맡아야 하는 건지. 더구나 둘 모두가 나서게끔 하다니……. 이제 이런 일은 사제들이 맡아야 하는 거 아니야."

역천을 이겨낸 혁령이 고개를 빙빙 돌리며 말했다.

그 표정이 정말 꽤 지루해 보였다.

"후후, 그 말, 적령이 들었다면 볼 만했겠는걸. 적령이 이를 갈며 오매불망 기다리던 놈인데."

또 한 명의 천령인 원령이 피식 웃음을 흘렸다.

"대사형을 믿고 설치는 꼴이라니. 까불다 그 꼴이 된 거지. 뭐… 내 언젠가 된통 당할 줄 알았거든."

"그래도 퍽 귀엽잖아, 하는 짓이."

"풋! 퍽이나……."

혁령이 어이가 없다는 듯 실소를 흘렸다.

"그런데 계속 궁금한데, 천주께서는 왜 곽한에 대한 추살 명령을 보류하고 계신지 몰라."

문득 생각이 났는지 혁령이 중얼댔다.

듣고 보니 원령도 그 부분을 이상히 여긴 터였다.

"그러게 말이야. 천외천에 대한 비밀을 모두 알고 있는 위험한 놈인데……."

원령이 맞장구를 쳤다.

"단둘이 일전을 펼친다면, 어때?"

혁령이 슬쩍 미소를 짓곤 물었다.

"글쎄……."

원령이 검지로 이마를 긁적이며 확신이 서지 않는 음성으로 대꾸했다.

직접 곽한과 손을 섞은 혁령과 원령.

서로 말은 안 했지만 곽한에 대한 그들의 생각은 동일했다.

무시할 수 없는 강자.

아니, 그 당시 일대일로 곽한과 싸웠다면 필패였을 것이라고 그들은 확신했다.

직접 몸으로 부딪친 후 느낀 감정이다.

하지만 자존심상 지금껏 곽한에 대한 이야기는 입 밖으로 꺼내질 않고 있었다.

그런데 뜬금없이 혁령이 곽한의 이야기를 꺼낸 것이다.

"은영칠주 중 한 놈이겠지. 역시 천문 놈들, 강해."

순간 적령의 두 눈가에 진한 살기가 어렸다.

"그래봐야 천주께서 깨어나시면 모두 죽을 놈들이야. 무진강만 아니었어도 벌써 세상을 한 손에 쥐었을 텐데."

원령의 얼굴에 아쉬움이 가득했다.

그렇게 둘의 대화는 계속 이어졌다.

곽한의 이야기가 들어간 후로는 그저 그들의 신변잡기를 늘어놓으며 시간을 죽이고 있었다.

그렇게 어둠이 찾아왔다.

"공자님, 그들이 행장을 풀었다는 보고입니다."

한 수하가 은밀히 다가와 공손한 어투로 보고를 올렸다.

"어디라고 하던가?"

"멀어?"

동시에 두 질문을 받은 수하가 멈칫하더니 곧바로 입을 열었다.

"인근 객잔으로, 경공을 사용한다면 반 시진 거리입니다."

"적당한 거리인걸."

원령이 고개를 까딱거리곤 이내 신형을 일으켰다.

"윤이라……."

윤이라는 이름을 중얼거리며 혁령 또한 이내 몸을 일으켰다.

"어찌 생긴 놈인지 정말 궁금하군."

적령을 죽음 직전까지 몰고 간 윤을 생각하니 혁령의 심장이 호승심에 후끈 달아올랐다.

"애들 준비시켜. 그럼 슬슬 가볼까."

혁령과 원령의 얼굴에 묘한 미소가 매달렸다.

第九章 은영, 드디어 천령과 자웅을 다투다.

수호무사

노적위가 건물 지붕 한편에 무심히 앉아 어둠을 응시하다 다가서는 인기척을 느끼곤 입을 열었다.
"몸도 안 좋은데 뭐 하러 나왔어?"
"답답해서요……."
령령이 노적위 옆에 조용히 쪼그려 앉았다.
그녀의 낯빛이 창백한 것이 부상을 여파가 꽤나 중함을 느낄 수 있었다.
"아가씨는 어쩌고?"
"영주께서 같이 계셔요."
"그래."
무유화가 윤과 함께 있다는 말에 노적위가 안심이 되는지 고개를 끄덕였다.

은영, 드디어 친령과 자웅을 다투다 237

그리고 이내 그의 시선이 다시금 어둠을 향했다.
그런 그가 다소 걱정스런 음성으로 입을 열었다.
"밤공기가 찬데……."
"조금만 있다가 들어갈게요."
령령이 두 팔로 무릎을 감싼 채 몸을 잔뜩 웅크렸다.
"……."
어둠이 오자 또다시 긴장감이 엄습했다.
혈불의 무리와 사투를 벌인 후부턴 모두의 신경이 예민해진 상태였다.
특히 이런 칠흑의 어둠이 내릴 때면 더욱 그러했다.
그렇게 얼마의 시간의 흘렀을까.
"암습이다!"
듣고 싶지 않던 다급한 고성이 어둠의 정적을 무참하게 짓밟아 버렸다.
까가강—
이어 울리는 금속성.
"아가씨를 부탁해."
노적위가 딱딱한 낯빛으로 짧게 말을 하곤 이내 금속성이 터진 장소로 신형을 날렸다.

챙!
경계를 서던 철혈검대원이 낯선 이방인의 검에 움찔 놀라 신속히 검을 뽑아 방어를 했다.
"웬 놈들이냐!"

일격을 막아낸 철혈검대원이 기세를 올리며 일갈을 내질렀다.

파파팍—

그때를 같이해 약속이나 한 듯 객잔 주변에서 경계를 서고 있던 철혈검대원들이 구름처럼 몰려왔다.

"이곳으로 다 몰려오면 어떡하나? 성동격서의 계략일 수도 있는데……."

혁령이 천외천 무사들의 뒤편에 바람처럼 나타나, 팔짱을 낀 채 느긋한 음성으로 중얼거렸다.

"……!"

그 말에 순간 몰려든 철혈검대원들 사이에 작은 소요가 일었다.

하지만 뒤이어 들린 단필엽의 음성에 일순 일었던 소요는 거짓말처럼 사라졌다.

"이 야밤에 소란을 일으킨 이유가 무엇인가?"

혈불이 일으킨 암습 후, 용소진을 본대에 합류를 시키고 직접 무유화를 보필하던 단필엽이 시린 검을 뽑아 들며 전면으로 나섰다.

"누굴까? 저치가 단필엽이라는 자인가?"

단필엽을 턱 끝으로 가리키며 혁령이 옆에 서 있는 수하에게 물었다. 궁금한 것보다는 확인을 하려는 의도였다.

"철혈검대 제사조장 단필엽이 맞습니다."

"그렇다면 저치는 그대가 알아서 처리해야 할 것 같군. 할 수 있겠지?"

"물론입니다."
"그럼 바로 죽이도록. 철혈검대와 함께 모조리……"
"존명!"
혁령이 서릿발 같은 음성으로 말을 하자, 수하가 오른 상박을 가슴께로 올리며 절도있게 대답하곤 이내 전방을 향해 바람처럼 내달렸다.

*　　　*　　　*

저 멀리서 들려온 귀를 찢는 금속성에 무유화의 표정이 심각하게 굳어졌다.
그때 건유운과 해쓱한 낯빛의 가오성이 무유화가 머무는 객실의 문을 다급히 열며 들어왔다.
"영주, 낯선 자들의 공격입니다. 제가 나가볼 터이니 아가씨를 부탁드립니다."
윤에게 무유화를 부탁하러 들를 정도로 상황은 여유롭지 않았다.
당연히 건유운이 이곳 객실을 찾은 이유는 따로 있었다.
그 분위기가 심상치 않은 까닭에 윤이 혹 싸움에 나서다 천살성의 폭주가 나타날까 두려움이 일었기 때문이다.
그에 윤이 상황에 어울리지 않는 담담한 음성으로 입을 열었다.
"걱정 마십시오. 제 몸은 제가 알아서 제어토록 하겠습니다. 조심하십시오. 그 살기가 짙군요."

그 거리는 짐작도 안 되건만 소리만으로도 살기의 강약을 느끼고 있는 윤이었다.

"명심하겠습니다."

이제나저제나 자신의 몸 상태만을 염려하는 건유운의 속내를 모를 리 없는 윤이 그의 걱정을 조금이나마 덜어주었다.

"아가씨, 너무 심려 마십시오. 영주께서 아가씨를 지켜드릴 것입니다. 가 무사님, 부탁드립니다."

"몸조심하십시오, 대장."

가오성이 건유운의 무운을 빌었다.

"그럼."

건유운이 윤과 무유화를 향해 고개를 숙인 후 령령과 순간 눈빛을 교환했다.

아가씨와 윤을 부탁한다는 의미였다.

"이, 이게… 뭔 소란이냐?"

객잔주인 어용진은 얼굴이 하얗게 질리고 온몸이 사시나무 떨 듯했다.

"뭐, 뭔 일인가… 어서 나가보아라."

"제, 제가 왜, 왜요?"

점소이 노상태가 질섭하며 더욱 몸을 웅크렸다.

어용진은 그 모습에 울화통이 터졌지만, 더 이상 그를 타박하지 않았다.

자신의 목숨이 소중하듯 노상태의 목숨 또한 소중한 건 마찬가지였기 때문이다.

은영, 드디어 친령과 자웅을 다투다

그때였다.

"별일없을 것이니 점원들을 데리고 잠시 안전한 곳에 숨어 계시도록 하십시오."

어용진이 대답을 꺼내기도 전에, 건유운의 신형은 이미 한점 빛이 되어 저 멀리로 쏘아졌다.

그 모습에 어용진은 물론 모든 점소이의 입이 쩍 벌어져 좀처럼 닫힐 기미가 보이질 않았다.

단필엽과 박빙의 승부를 펼치는 노한은 내심 감탄을 금치 못했다.

과연 철혈검대라는 말이 절로 토해질 것 같았다.

강호의 소문이 원체 과장된 것이 많아 허명이라 일축했는데, 막상 단필엽과 검을 섞고 보니 오히려 그 풍문이 축소된 듯한 느낌을 받았다.

피잇—

'이크!'

노한의 좌측 볼이 예리하게 갈리며 붉은 선혈이 튀었다.

자칫 목젖이 꿰뚫릴 뻔한 절체절명의 상황을 맞은 노한이 절묘한 보법으로 단필엽의 공격을 흘린 뒤 신형을 뒤로 이삼여 장 물렸다.

지이이잉—

노한의 미간을 노려보는 단필엽의 검끝이 세차게 떨리자 긴장감이 더욱 증폭되었다.

"……."

노한의 두 눈을 매섭게 노려보는 단필엽.

회심의 일격이었건만, 그마저도 노한이 피해내자 단필엽의 얼굴이 사뭇 어두워졌다.

'결코 내 아래가 아니다! 대체 이들은 누구인가!'

"철혈검대! 과연 허명이 아니로다! 그 성취가 실로 놀랍구나!"

노한이 재차 검을 고쳐 잡았다.

그의 두 눈이 어둠 속에서 순간 번뜩였다.

"우리 사이에 오갈 말이 있는가?"

"후후후……."

단필엽이 노한의 말을 자르며 일 보를 내딛자, 노한의 입가에 비릿한 미소가 걸렸다.

단필엽은 노한의 미소가 마음에 걸렸다.

방금 전, 위험천만한 기도를 뿜어내던 미청년들의 모습이 보이지 않아 더욱 그러했다.

지금 당장에라도 그들을 쫓아야 하건만, 호시탐탐 자신의 빈틈을 노리는 노한으로 인해 쉽사리 몸을 빼낼 수가 없었다.

생사를 넘나드는 사투를 펼치고 있는 철혈검대원들의 상황이라고 자신과 별반 다르지 않았다.

누가 위고 누가 아래인지도 모를 결투였다. 그야말로 한 치 앞을 예상할 수가 없었다.

이럴수록 더욱 냉정해야만 했다.

박빙의 승부에서는 단 한 번의 실수가 그 승패를 가르는 열쇠가 될 수도 있기 때문이다.

'그대들을 믿겠소!'

팟!

순간 단필엽이 노한을 향해 신형을 쏜살처럼 쏘아냈다.

단필엽이 미련없이 상념을 떨쳐 낼 수 있었던 까닭은 그의 뒤를 지켜주는 월하정 호위무사들을 굳게 믿고 있었기 때문이다.

쩌엉!

혁령이 노적위의 검을 박살이라도 낼 것처럼 자신의 묵정을 거칠게 휘둘렀다.

까앙!

한밤에 불꽃이 튀었다.

'으음!'

고작 십 합을 겨뤘건만 묵정의 힘을 견디지 못한 노적위의 손바닥이 욱신거렸다.

그 순간 강력한 기운을 뿜어내는 혁령의 쌍묵정을 노려보는 노적위의 머릿속으로 문득 한 단어가 떠올랐다.

그리고 자신도 모르게 그 말이 입 밖으로 튀어나왔다.

"마령?"

"마령!"

순간 노적위를 핍박하던 혁령이 그에게 가하던 공격을 멈추곤 미간을 살짝 찡그렸다.

'멍청한!'

혁령의 표정에 노적위가 아차 하는 표정으로 자신의 실수를 질책했다.

결코 꺼내지 말았어야 할 말이거늘.

"지금 마령이라고 했느냐?"

노적위는 아무런 대답도 하지 않았다.

하지만 이미 엎질러진 물.

역시나 혁령이 고개를 좌우로 까딱거리며 살기 어린 음성을 내뱉었다.

"분명 처음 보는 놈인데 어찌 마령을 알고 있을까? 마령의 존재를 알고 있다 함은… 천문의 영자 놈이냐?"

영자란 노적위가 천령을 낮춰 마령이라 했듯 은영을 낮춰 이르는 말이다.

좌아악—

"후후후, 이놈이 감히 우리 천외천을 능멸한 그 나약해 빠진 천문의 개란 말이지. 쥐새끼처럼 숨어살면 목숨은 구걸할 수 있었을 텐데, 세상의 빛이 그리 그리웠느냐?"

혁령이 양손에 쥔 쌍묵정을 대지 위로 세차게 내려치며 섬뜩한 미소를 지었다.

그때였다.

"조사(祖師), 천주의 뜻이 세상의 빛이었거늘……."

"넌 또 뭐냐?"

어느새 노적위의 곁으로 다가온 건유운을 혁령이 무섭게 노려봤다.

"더 이상 감출 것이 무엇이 있겠소. 은영이오."

"별 볼일 없는 객잔에 이토록 성대한 음식이 차려져 있을 줄이야. 후후……."

은영, 드디어 천령과 자웅을 다투다

구오오오—

혁령 곁에 있던 원령이 한 발을 내디뎠을 뿐인데, 그 순간 대기가 격동의 몸부림을 쳤다.

원령이 뿜어낸 기세에 옷가지가 찢겨질 듯 거센 바람이 불었다.

그 기세가 실로 경악스러웠다.

하지만 건유운의 표정은 담담하기 이를 데 없었다.

"저놈은 내가 맡지."

두 팔을 길게 늘어뜨린 원령이 혁령에게 물었다.

그의 두 눈이 잡아먹을 듯 건유운을 노려보고 있었다.

"윤이라는 바보 놈이 보이질 않네. 겁에 질려 도망간 것은 아니겠고……. 그 바보 놈은 먼저 끝내는 사람이 차지하기로 하지. 어때?"

"훗! 좋을 대로."

원령이 짧게 대답하곤 건유운을 바라보며 피식 웃음을 지었다.

생사가 걸린 사투를 곧 치러야 할 사람치고는 상당히 밝은 표정이었다.

'으음, 길(吉)보다 흉(凶)이 짙구나.'

건유운이 표정이 어두웠다.

마령 하나쯤은 상대할 수 있었다.

하지만 둘이라면 상황은 분명 달랐다.

노적위가 곁을 지켜주고 있다지만, 마령을 상대하기엔 그의 실력이 부족한 것이 사실이었다.

그렇기에 문제는 노적위가 얼마나 버텨줄 수 있냐는 것이다.

최대한 빨리 눈앞의 마령을 제거하고 노적위를 도와야 할 터였다.

하지만 상대는 마령이기에 과연 자신이 뜻한 바대로 이루어질지 그것이 의문이었다.

"상대는 마령이다, 목숨을 걸어라. 우리가 무너지면 천추의 한을 남길 수도 있음이다."

건유운이 노적위에게 속삭이듯 말을 했다.

파콱—

그 순간 누가 먼저랄 것도 없이 네 명의 사내가 대지를 박찼다.

구오오오—

서로 간의 공간이 사라질수록 엄청난 경력이 대기를 진동시켰다.

그리고,

쩡—

단 한 번의 부딪침.

같은 하늘을 이고 살 수 없는 상대였지만, 원령의 눈빛에 역시라는 감탄이 어렸다.

하지만 그것도 잠시.

'감히! 파력장(波力掌)을 맞받아쳐!'

전력은 아니었지만, 상대가 은영일지라도 오성의 파력장이면 나가떨어질 줄 알았다.

그런데 건유운의 검에 오히려 원령이 뒤로 밀린 느낌이었다.

원령은 그것이 못내 자존심이 상했다.
'뭐야! 은영칠주라도 된다는 건가!'
원령이 건유운의 만만치 않는 기세를 의심했다.
만약 상대가 은영칠주라면!
생각이 거기까지 미치자 원령의 기세가 갑자기 돌변했다.
그리고…….
팟!
원령이 빛처럼 건유운을 향해 달려들었다.
촤라랑—
건유운이 품으로 파고들려는 원령을 향해 강맹한 검력을 쏘아냈다.
박투를 펼치는 원령에게 공간을 빼앗길 수는 없었던 까닭이다.
'제길!'
타타탓!
원령이 건유운이 무섭게 뿌려대는 노도와 같은 힘을 이리저리 피하며 내심 욕설을 내뱉었다.
거리를 좁혀야 그나마 유리한 고지를 점령할 수 있건만, 상황이 좀처럼 여의치 않았던 까닭이다.
하지만 그 거리 고작 일 장여.
건유운이 한 걸음을 내디뎌 검을 뻗어내면 원령의 심장이 뚫릴 거리였고, 내력을 실은 기세만으로도 상대의 육신을 찢어발길 거리였던 것이다.
차차창!

건유운의 검이 신랄한 움직임으로 원령을 조금씩 궁지로 몰아넣었다.

하지만 신묘한 보법을 밟으며 미꾸라지처럼 피해 다니는 원령에게 피해를 입히기란 좀처럼 쉽지 않았다.

비록 원령이 밀리는 모습처럼 보이나, 누가 위라 감히 말할 수 없는 박빙의 승부였다.

그렇게 수십 합의 공방이 쏜살같이 지나갔다.

한편, 혁령을 상대하는 노적위는 그 수세가 뚜렷이 밀리고 있었다.

혁령의 쌍묵정에 걸레처럼 찢긴 그의 옷가지와 그 사이로 흐르는 핏물만 봐도 그 사실을 여실히 알 수 있었다.

노적위가 점점 더 열세로 밀릴수록 건유운의 마음은 다급해졌다.

일견 보기에도 노적위에 검에 담긴 위력이 눈에 띄게 줄어들고 있었다.

익히 알고 있었지만 마령의 위력이 이 정도라니 실로 놀라웠다.

은영 중에서도 그 무위가 상급에 속하는 노적위를 저렇게 곤란한 지경까지 몰고 가다니.

'시간이 촉박하다!'

노적위도 걱정이었지만, 건유운이 정작 두려워하는 것은 노적위를 쓰러뜨린 후 혁령이 객잔으로 달려드는 일이었다.

물론 령령과 가오성이 무유화를 지키고 있지만, 부상의 여파를 씻어내지 못한 그들이 혁령의 적수가 될 수는 없었다.

그렇다면 어쩔 수 없이 윤이 나서야 하는데.
'무슨 일이 있어도 막아야 한다!'
"적위! 정신 차려라!"
그나마 여유가 있는 건유운이 웅후한 내공을 실은 일갈이 허공을 향해 터뜨렸다.
그것이 효과가 있었음인가.
곧 쓰러질 것만 같던 노적위가 다시금 기세를 바짝 끌어올려 혁령을 향해 돌진했다.

*   *   *

차갑게 굳은 윤의 얼굴.
저 멀리서 들리는 병장기 소리가 그의 마음을 무겁게 짓눌렀다.
더구나 건유운의 웅혼한 일갈을 들은 후부턴 그의 낯빛이 하얗게 질리기까지 했다.
그러던 어느 순간,
척!
좌수로 용혈검을 꽈득 움켜쥔 윤이 창가로 향해 있던 신형을 돌려세웠다.
"안 됩니다, 영주."
심상치 않는 분위기를 읽은 령령이 윤의 길목을 막아서며 말했다.
건유운에게서 윤의 상태가 어떤지 들은 까닭에 그녀의 얼굴이 사뭇 어두워졌다.

"걱정 마십시오. 저번에도 그랬듯 별일은 없을 것입니다."

윤이 령령에게 혈불의 무리와 싸웠던 일을 상기시키며 말을 했다.

"하지만 영주, 그때는……."

령령 또한 그때의 상황을 똑똑히 기억하고 있었다.

하지만 쉽사리 몸을 비키지 못하는 그녀였다.

"괜찮습니다. 제 몸은 제가 잘 알고 있습니다. 충분히 자제할 수 있으니 길을 열어주십시오."

"영주……."

"유화를 부탁드립니다."

윤이 자신을 막아선 령령의 어깨를 툭툭 도닥여 주었다.

"사형, 조심해라. 아무래도 심상치 않은 분위기다."

"사제, 유화를 부탁해."

"나 가오성이 있는데 감히 누가 있어 아가씨를 건드려! 뒈질라고. 그건 걱정 마라, 사형."

가오성이 주먹으로 가슴팍을 탕탕 치며 호기롭게 떠들었다.

"갔다 올게."

"조심해."

"응."

윤과 무유화의 시선이 잠시 허공에서 부딪쳤다.

하지만 그것도 잠시, 창밖으로 몸을 날린 윤의 신형은 어느새 어둠 속으로 사라지고 말았다.

쩌엉!

엄청난 거력이 노적위의 검을 가차없이 찍어 눌렀다.

그 힘이 얼마나 대단하던지 노적위의 발이 대지에 푹 박혀 버렸다.

꾸륵—

노적위가 밀려드는 욕지기를 애써 눌러 참으며 묵정을 튕겨 내려 발악을 했다.

하지만 천근 바위에라도 눌렸는지 혁령의 묵정은 꿈쩍도 하질 않았다.

그럴수록 노적위의 안색은 파리하게 질려갔다.

외상도 외상이지만 그가 입은 내상이 무척 심각함을 알 수 있었다.

"흥! 정확히 백이십사 합이다. 질긴 놈……."

혁령이 질렸다는 듯 인상을 팍 썼다.

비록 일각이라는 짧은 시간이었지만, 그동안 오간 공수만 해도 무려 백이십사 합이다.

어지간한 놈들은 이미 피떡이 되었어야 옳건만, 이놈은 아직까지 허연 이를 드러내며 으르렁거리고 있었던 것이다.

혁령은 그것이 못내 못마땅했다.

"은영치고는 그나마 한가락 하는 것 같다만, 안타깝게도 상대를 골라도 참으로 잘못 골랐구나. 하필이면 나 혁령이라니. 후후후……. 곧 죽을 것인데, 혹 남길 말은 없느냐?"

잡은 쥐를 가지고 놀 듯 혁령이 한쪽 무릎을 꿇고 묵정을 밀쳐 내려 아등바등 애를 쓰는 노적위를 조롱했다.

"아직 싸움이 끝나지도 않았거늘, 아가리만 살았구나."

노적위가 코앞의 혁령의 두 눈을 노려보며 어금니를 바득 갈았다.

쩌엉!

순간 커다란 충돌이 일며 불빛이 번쩍였다.

'크윽―'

이 장여쯤 뒤로 쭉 밀린 노적위가 고통스런 표정을 지으며 휘청거렸다.

마지막 남은 한 올의 진기까지 쥐어짜 묵정을 튕겨낸 결과가 주는 고통이 이루 말할 수 없이 컸던 까닭이다.

"끝까지 나의 분노를 이끌어내는 놈이로구나!"

혁령이 쥐새끼처럼 또다시 빠져나간 노적위를 노려보며 두 눈을 활활 불태웠다.

그런데 그 순간, 혁령의 시야로 한 점 빛이 빠르게 쏘아졌다.

그리고 그 빛은 이내 커져 사람의 형상이 되어 노적위의 곁에 우뚝 섰다.

"죄송합니다."

윤이 휘청거리는 노적위를 조심스럽게 안으며 나지막이 입을 열었다.

"여, 영주, 안 됩니다."

입을 열 기력도 없는 노적위가 한 팔을 허우적거리며 윤의 옷자락을 붙잡았다.

그 애절한 모습에 윤의 두 눈이 미안함으로 붉게 물었다.

'죄송합니다. 못난 저 때문에……'

은영, 드디어 천령과 자웅을 다투다 253

"여, 영주… 제, 제발……"

노적위의 간절한 눈빛은 여전히 윤에 대한 걱정뿐이었다.

하지만 그것도 잠시.

노적위의 두 눈이 이내 스르르 감겨 버렸다.

그리고 정신을 잃었음에도 노적위의 팔은 잠시 동안 계속 허공을 허우적거렸다.

"곧 돌아올 것이니 조금만 기다려 주십시오."

윤이 아무런 힘도 느껴지지 않는 노적위를 번쩍 치켜들어 싸움의 여파가 미치지 않는 곳에 조심스럽게 눕혔다.

섬뜩한 사투의 현장에서 보이는 행동치고는 무척 여유로웠고, 너무도 위험천만한 행동이었다.

"……"

혁령이 그 모습을 어이가 없다는 양 멀뚱히 지켜봤다.

그리고 두 사내가 삼 장여의 공간을 중앙에 두고 마침내 마주섰다.

"……"

미소를 짓는 혁령과 무심한 표정의 윤.

먼저 입을 연 자는 윤이었다.

"이유는 묻지 않겠다."

스르릉—

윤이 느릿하게 용혈검을 뽑아 들어 땅 위로 길게 늘어뜨렸다.

"훗! 넌 또 누구냐? 너도 은영이냐?"

윤의 얼굴을 본 적이 없는 혁령이 코웃음을 치며 물었다.

지이이잉—

순간 살기를 머금어 영물이 된 용혈검이 섬뜩한 울음을 토해 냈다.
"용혈검? 오호라! 네놈이 바로 그 바보 놈이구나!"
윤은 몰라도 용혈검은 알아본 혁령이 반가운 표정으로 소리쳤다.
"바보가 아니라더니 그 말이 사실인가 보구나. 후후후……."
점입가경으로 치닫는 주위의 사투에는 아무런 관심도 없다는 양 혁령이 호기심을 보이며 하얀 이를 드러냈다.
"……."
윤은 아무런 대꾸도 하질 않았다.
어렴풋 깨달은 바가 있어 용혈검을 뽑아 들었건만, 혁령을 마주하자 갑자기 살성이 솟구쳤던 까닭이다.
"후우……."
윤이 천문의 내력을 서서히 끌어올리며 들끓은 살기를 진정시켰다.
하지만 어쩐 일인지 한번 치민 살성은 좀처럼 수그러들지 않았다.
얼마 전까지만 해도 천문의 내력에 자연스럽게 안기던 살성이건만.
"뭐 하냐, 너?"
석상처럼 뻣뻣이 서 있는 윤을 바라보며 혁령이 고개를 갸웃거렸다.
"꼴에 모양 좀 잡고 싶은 거냐? 후후……."
비아냥거리는 혁령이 진득한 살기를 윤을 향해 쏘아냈다.

그 순간, 착각일지 모르나 혁령은 윤의 두 눈이 순간적으로 핏빛으로 번쩍 빛난 것처럼 느꼈다.

하지만 그것은 착각이 아니었다.

지금 이 순간 윤의 두 눈은 이미 핏빛으로 시뻘겋게 물들어 있었던 것이다.

"남길 말은?"

"뭐? 남길 말? 하! 미쳤구나, 너."

"없으면 지금부터 대가를 치러주마."

쩌어엉—

단지 용혈검을 비틀곤 한 걸음을 내딛디뎠 뿐인데, 놀랍게도 혁령이 움찔 뒷걸음질을 쳤다.

그에 자신도 놀랐는지 혁령이 미간을 꽉 찡그렸다.

'뭐야! 내가 지금 뒷걸음질친 거야? 이런, 제길!'

촤아앙—

혁령이 창피함에 얼굴을 붉히며 양손에 쥔 묵정을 땅 위로 세차게 뿌려댔다.

"건방진! 와라! 죽여주마!"

혁령이 한걸음 한걸음 거리를 좁혀오는 윤을 살기 어린 두 눈을 노려보며 으르렁거렸다.

그러던 어느 순간,

쐐애액—

쾌속이란 말도 무색할 한줄기 섬광이 혁령을 향해 그대로 쏘아졌다.

치잇!

본능적으로 위험을 감지한 혁령이 화들짝 놀라 신형을 황급히 좌로 회전시켰다.

간발의 차로 윤의 용혈검을 흘린 혁령.

실로 간담이 서늘한 공격이었다.

그런데,

"……!"

혁령의 목덜미에 새겨진 얇은 검상에서 핏물이 주르륵 흘러내렸다.

'어떻게!'

검이 스치는 감촉도 느끼질 못했건만.

순간 혁령이 자신도 모르게 움찔거렸다.

하지만 혁령은 놀랄 여유조차 없었다.

어느새 좌측 옆구리로 다가온 서늘한 기운에 그가 쌍묵정을 교차시키며 방어를 했다.

까앙!

불꽃이 튐과 동시에 혁령이 윤에게 반격을 가하기 위해 신형을 우로 살짝 비틀었다.

찰나지간 일어난 기가 막힌 반응이었다.

그런데 그 순간 놀라운 일이 벌어졌다.

빠익—

묵정에 의해 경로를 잃은 용혈검을 수습할 줄 알았던 윤이 혁령의 예상을 깨고 그대로 품을 파고들며 어깨로 그의 가슴팍을 강타해 버린 것이다.

파파팍!

윤의 어깨에 실린 힘을 고스란히 받아낸 혁령이 낯빛을 굳히며 뒤로 다급히 발을 놀렸다.

찌릿—

가슴팍에서 전해진 작지 않은 고통에 혁령의 좌측 뇌가 화들짝 놀랐다.

고통도 고통이지만, 혁령이 받은 충격은 정말 이루 말로 할 수가 없었다.

눈 깜짝할 새 혁령의 목덜미와 가슴팍에 믿을 수 없는 부상을 안겨준 윤.

'서, 설마! 저 바보가 은영칠주!'

놀란 두 눈을 부릅뜬 혁령.

다른 말로는 이 상황을 도저히 설명할 길이 없었다.

'강하다! 적령을 죽음 직전까지 몰고 갔다 하더니 과연 그 말이 과장은 아닌 듯하구나!'

혁령이 내심 윤을 향해 감탄을 터뜨렸다.

그리고 그와 동시에 강한 호승심이 그의 심장을 뜨겁게 달구었다.

저 정도의 실력이라면 충분히 일전을 펼칠 만했다.

"……."

대치한 두 사내.

얼굴에 미소가 가득했던 혁령의 얼굴은 어느새 긴장감으로 가득했다.

반면, 윤의 얼굴은 여전히 담담하기 그지없었다.

하지만 지금 이 순간, 그의 몸속은 천문의 내력과 천살성의 기운이 크게 충돌하여 거친 신경전을 펼치고 있었다.

'크윽!'

뼛속까지 치민 고통에 윤이 가까스로 신음성을 집어삼켰다.

칼로 난자를 당하는 듯 참을 수 없는 고통이 계속해서 윤의 전신을 짓밟았다.

지금껏 단 한 번도 느껴보지 못한 극심한 고통이었다.

윤의 무위에 놀란 혁령은 몰랐지만, 용혈검을 쥔 윤의 우수가 고통에 바르르 떨렸다.

한 걸음을 떼기조차 힘들었다.

왜 이럴까.

의문을 가질 만도 하련만, 윤은 고통을 이겨내는 데만도 정신이 아찔할 지경이었다.

'왜 저러지?'

혁령은 고수였다.

그 누구도 무시할 수 없는 역천을 이겨낸 천령이었다.

그런 그가 윤이 보이는 이상한 행동을 간과할 리 만무했다.

'무언가 잘못된 게로구나!'

순간 혁령이 눈빛을 반짝 빛냈고, 그 빛이 사라지기가 무섭게 그의 신형이 윤을 향해 쏘아졌다.

그때!

"영주!"

건유운이 원령을 향해 일신의 힘을 폭발시키며 허공에 일갈을 내질렀다.

그리고 곧바로 윤을 향해 신형을 빛처럼 쏘아냈다.

지금 윤의 상황이 얼마나 급박한지 한눈에 봐도 알 수 있었던 까닭이다.

콰아아앙!

"헛!"

엄청난 폭발음이 터지며 대지가 움푹 파였다.

그 바람에 윤을 향해 내달리던 혁령이 급히 신형을 뒤로 물렸다.

"……."

달빛을 받은 흙먼지가 어둠 속에서 보석처럼 반짝반짝 빛났다.

그리고 순간 정적이 찾아들었다.

'여, 영주?'

뽀얀 흙먼지를 뒤집어쓴 원령이 욕지기를 집어삼키며 인상을 잔뜩 찌푸렸다.

그런 그의 전신은 이미 핏물로 흠뻑 젖어 있었고, 숨을 쉴 때마다 폐부가 찢기는 고통이 밀려들었다.

운신을 못하는 것은 아니나 패색이 짙은 몰골임에는 분명했다.

그래도 다행인 것은 건유운이 갑자기 공격을 멈추는 바람에 절체절명의 위기를 넘길 수 있었다는 것이다.

'저 바보가 은영주라고…….'

원령이 꽤 놀란 두 눈으로 자신을 만신창이로 만든 건유운과 윤을 번갈아 노려봤다.

은영주와 은영칠주라니.

원령은 이 상황을 좀처럼 믿기 힘들었다.

하지만 걸레처럼 변한 자신의 몰골을 보면 믿을 수밖에 없는 노릇이었다.

'어쩐다?'

원령의 표정에 갈등이 어렸다.

정녕 저들이 은영주와 은영칠주 중 일인이라면 이 싸움의 결과는 이미 나온 것이나 진배가 없었다.

그렇다면 전장을 이탈하는 것이 급선무인데.

하지만 원령은 쉽사리 걸음을 뗄 수가 없었다.

매순간 따라다니는 그놈의 자존심 때문이었다.

그리고 결정적인 또 하나의 이유.

윤의 모습 때문이었다.

'저놈 분명 문제가 있다!'

원령은 일견하기에도 윤에게 문제가 발생했음을 느낄 수 있었다.

만약 그것이 사실이라면 패색이 짙은 이 싸움을 필승으로 되돌릴 수도 있었다.

생각이 미치자 원령이 이를 악물곤 전방을 향해 신형을 쏘아냈다.

"영주, 마음을 다스리십시오. 평정심을 되찾으셔야 합니다."

건유운이 다급한 음성으로 전신을 부들부들 떨고 있는 윤에게 말했다.

시간이 지날수록 그의 떨림이 심해졌다.

'크으윽—'

천문의 기운을 한곳으로 응집해 천살성의 기운을 누르려는 윤.

하지만 그것이 마음 같지 않았다.

오히려 고통만 더욱 가중될 뿐이었다.

그 모습에 혁령과 원령의 눈가에 진한 살기가 어렸다.

"바보 놈에게 무슨 문제라도 생긴 건가?"

혁령이 윤을 조롱하며 이죽거렸다.

"후후, 영주라 하던데, 제법 큰 공을 세울 수 있겠어."

"우리가 천문을 무너뜨릴 수도 있겠지."

거리를 좁혀오는 혁령과 원령.

그럴수록 건유운의 속은 시커멓게 타들어갔다.

윤을 보호하면서 건유운이 두 명의 천령을 감당하기란 불가능에 가까웠다.

아무리 악을 쓰고 천령들의 공격을 막는다 해도 빈틈이 생길 것이 분명했다.

그렇게 된다면 지금 상태의 윤으로서는 무방비로 죽음을 맞을 수밖에 없었다.

'용혈검?'

순간 건유운의 머릿속으로 용혈검이 퍼뜩 떠올랐다.

장담할 수는 없지만, 천살성의 기운을 용혈검이 어느 정도 감당해 줄 수만 있다면 잘하면 이 위기를 극복할 수도 있을 것만 같았다.

만약 그것이 가능하다면 천살성의 기운은 분명 약해질 것이고, 상대적으로 강해진 천문의 기운이 천살성의 기운을 끌어안을 수도 있을 터였다.

시도할 가치는 충분했다.

용혈검은 살기를 머금고 태어난 마검이자 영물이 아니던가.

"영주, 천살성의 기운을 용혈검에 실으십시오."

건유운이 다가오는 천령들을 향해 검을 겨눈 채 다급하게 말을 했다.

하지만 그의 말이 들리지 않는 것인지 윤의 상태는 별반 달라지지 않았다.

그에 건유운의 마음은 점점 조급해졌다.

그때 건유운이 뜻밖의 말을 꺼냈다.

"영주, 천문의 기운을 모두 거두시고, 천살성의 기운에 몸을 맡기십시오."

천문의 기운을 거두라니.

의외였다.

그리 된다면 천살성의 기운만 남아 자칫 윤이 한 마리의 살인귀로 변할 수도 있는데.

이는 건유운도 알고 있는 사실이었다.

그런데 그때 놀라운 일이 벌어졌다.

화르르르륵—

격랑을 만난 듯 세차게 떨리던 윤의 전신이 착각인지 모르나 화마처럼 이글이글 타오르는 듯했다.

"……"

윤이 붉게 물든 두 눈을 번쩍 뜨곤 전방을 무심히 노려봤다.

그 모습이 마치 한 마리의 야수를 보는 듯했다.

너무도 섬뜩한 모습.

치이이익—

그리고 화마처럼 타오르는 윤의 전신에서 지독한 살기가 뿜어져 삽시간에 대기의 숨통을 옥죄었다.

그 모습에 건유운의 가슴이 철렁 내려앉았다.

'용혈검이라면 충분하리라 생각했거늘, 정녕 이대로 끝이란 말인가!'

*　　　*　　　*

두 발을 딛고 서 있는 자가 없을 정도로 장내는 그야말로 아수라장이었다.

병장기 부딪치는 소리는 급격히 줄어들었지만, 그럴수록 피비린내는 더욱 진하게 사방으로 퍼져 나갔다.

"……."

단필엽이 하얗게 질린 얼굴로 전방의 사내를 노려봤다.

단필엽처럼 만신창이가 된 사내.

노한은 강했다.

부정할 수 없는 사실이었다.

하지만,

"커억—"

노한이 참고 참았던 욕기를 토해냈다.

순간 그의 앞섶이 검은 핏물로 흠뻑 젖어버렸다.

"……."

노한의 입술이 부르르 떨렸다.

무슨 말을 꺼내려고 하는 것 같은데 음성은 새어 나오질 못했다.

그렇게 몇 호흡이나 지났을까.

풀썩—

썩은 고목이 넘어가듯 노한의 신형이 그대로 대지 위에 푹 꼬꾸라졌다.

푹—

단필엽이 자신의 철검을 땅 속에 박아 휘청거리는 신형을 바로잡았다.

"……."

힘겹게 주위를 둘러보는 단필엽.

여기저기서 고통에 찬 신음성이 흘러나왔다.

두 발로 서 있는 사람을 찾기도 힘들 정도였다.

너무도 처참한 광경.

하지만 아직 끝난 것이 아니었다.

홀로 악전고투를 펼치는 필보경의 모습이 단필엽의 시야에 잡혔다.

파악!

순간 단필엽이 땅에 박았던 철검을 세차게 뽑아 들곤 힘겹게 한 걸음을 옮겼다.

이대로 쓰러질 수는 없었다.

모든 적을 쓰러뜨릴 때까지 결코 멈출 수는 없었다.

"아아악!"

파파팍—

단필엽이 악에 받친 고함을 허공에 내지르곤 이내 필보경을 압박하는 무리를 향해 돌진했다.

*   *   *

파앗!

쌍묵정을 교차시킨 채 앞으로 몸을 날리던 혁령의 낯빛이 딱딱하게 굳어졌다.

분명 눈앞에 있었건만 갑자기 오른쪽에서 싸늘한 살기가 느껴졌던 까닭이다.

치이익—

'크윽—'

혁령이 날리던 몸을 공중에서 쾌속하게 틀었다.

그런 그의 얼굴에 고통의 흔적이 역력했다.

주륵—

혁령의 오른쪽 상박에서 시뻘건 선혈이 흘러내렸다.

그런데 살이 베인 느낌은 없고 불에 지진 듯 극한의 통증이 밀려들었다.

그 고통에 정신이 혼미할 정도였다.

하지만 숨조차 돌릴 틈이 없었다.

쐐애액—

혁령이 이번엔 뒤쪽에서 느껴지는 무서운 살기에 놀라 그대로 신형을 회전시키며 묵정을 휘둘렀다.

그의 반응 속도가 번개처럼 빨랐다.

그런데,

'헛!'

경악한 표정으로 혁령이 헛바람을 들이켰다.

또다시 연기처럼 사라진 형체.

혁령은 마치 귀신과 싸우는 느낌이었다.

하지만 놀람도 잠시.

쩌엉—

이글이글 타오르는 용혈검의 검력을 쌍묵정을 이용해 본능적으로 맞받아친 혁령이 용수철 튕기듯 뒤로 쭉 밀렸다.

'이, 이럴 수가!'

울렁거리는 가슴팍을 부여잡은 혁령이 한쪽 무릎을 꿇은 채 자신을 향해 다가오는 윤을 노려봤다.

"……"

시뻘겋게 물든 윤의 두 눈.

극성의 내력을 실은 쌍묵정도 저 괴물에게는 무용지물인 것 같았다.

그리고 우습게도 지옥의 야차가 저런 모습이 아닐까 혁령은 문득 생각했다.

"제, 제길!"

욕설을 내뱉는 혁령의 눈가에 절망의 빛이 순간 깃들었다.

'정녕 저것이 천문 은영주의 힘이란 말인가!'

인간이라 느껴지지가 않았다.

그 힘이 강해서가 아니었다.

윤이 피워내는 감당키 어려운 살기.

전신이 난자당하는 듯 섬뜩하기 그지없었다.

그 살기에 전신이 찌릿찌릿 저렸다.

인간이 어찌 저토록 진한 살기를 피워낼 수 있을까. 혁령은 도무지 이 현실을 믿을 수 없었다.

"오냐! 오거라!"

신형을 일으킨 혁령이 남은 진기를 모조리 끌어올려 쌍묵정에 실어 담았다.

그 힘이 실로 대단했다.

하지만 혁령이 기세를 끌어올리면 올릴수록 윤이 뿜어내는 살기 또한 점점 더 짙어졌다.

파곽!

비장한 표정으로 대지를 박차는 혁령.

콰과과과—

기세와 기세의 부딪침.

턱 막히는 숨을 참으며 혁령이 윤이 뿜어내는 살기 어린 기세를 찢어발겼다.

그리고 뒤엉킨 두 사내.

스걱—

누구의 것인지 모를 피가 사방으로 튀었다.

적은 양이 아니었다.

꽤 깊은 상처가 났음이 분명했다.

까가강—

연이어 터진 금속성이 허공을 쩌렁쩌렁 울렸다.

"죽어!"

쾌애애액—

혁령이 일갈을 터뜨리며 하나의 묵정은 윤의 심장으로, 남은 하나의 묵정은 그의 미간을 향해 무섭게 뻗어냈다.

서걱—

"크으으—"

혁령의 입에서 절로 신음성이 흘러나왔다.

그리고 또다시 상당한 양의 핏물이 사방으로 비산했다.

주르륵—

쩍 벌어진 혁령의 양쪽 옆구리에서 검은 핏물이 쉼없이 흘러내렸다.

한눈에 봐도 생명이 위태로울 만큼의 상처였다.

"……"

힘을 잃고 뒤로 휘청 물러서는 혁령.

그를 향해 윤이 빛처럼 달려들어 그의 목을 사정없이 움켜쥐었다.

꽈드드드—

윤의 좌수에 힘이 조금씩 들어가자, 혁령의 낯빛이 삽시간에 시뻘겋게 물들었다.

그런 혁령에게 윤이 입을 열었다.

"천문의 이름으로 명하겠다. 속죄하라."

윤의 얼굴에 침을 뱉고 싶었지만 혁령을 도저히 그럴 수가 없었다.

"……."

혁령이 초점 없는 두 눈으로 윤을 노려보려 안간힘을 썼다.

그 눈빛을 잠시 무심히 바라보던 윤이 좌수에 힘을 풀곤 용혈검을 가차없이 휘둘렀다.

촤아아악―

순간 혁령의 목에서 피분수가 공중으로 뿜어졌다.

第十章 은영사모주, 천살성의 폭주를 막다

수호무사

다급함이 절로 느껴지는 발걸음.

천주의 호출을 받은 적여립의 이마에 식은땀이 송골송골 맺혔다.

혁령과 원령, 그리고 그들을 따른 천외천 무사들이 모두 죽었다는 믿을 수 없는 결과에 천외천이 발칵 뒤집힌 까닭이다.

"……."

하늘을 향해 쭉쭉 뻗은 거목들과 온갖 기화이초가 피워내는 향긋한 냄새가 사방에 그윽했다.

마치 천상에 온 듯 오묘한 느낌을 전해주는 곳.

이곳이 바로 천외천의 주인인 천외천주가 머무는 거처였다.

시녀가 조심스럽게 문을 열어주자, 적여립이 긴장된 표정으로 내실의 문턱을 넘었다.

"제자, 천주의 부름을 받고 왔습니다."

적여립이 신선풍의 노인을 향해 바닥에 머리가 닿도록 깊은 읍을 해 보였다.

"너의 보고를 직접 듣고 싶구나."

노인의 음성은 담담하기 그지없었다.

하지만 그런 그의 태도가 적여립의 긴장감을 오히려 더욱 가중시켰다.

그리고 적여립의 보고가 이어졌다.

적여립의 보고에는 한 점 군더더기도 없었다.

전갈의 내용이 또다시 그의 입에서 나왔고, 그에 살을 덧붙인 내용들이 줄줄 새어 나왔다.

"그들이 은영이라 확신을 하느냐?"

"그렇습니다."

적여립이 망설임없이 대답했다.

"그렇다면 그들 중 누군가는 분명 은영칠주에 속하는 인물이라 할 수 있겠구나."

"예, 천주……."

"그대들은 어찌 생각하오?"

내실에는 노인만 있는 것이 아니었다.

그보다는 연배가 낮아 보이는 장년인이 둘이나 더 있었던 것이다.

그중 하나가 입을 열었다.

"일리는 있어 보입니다, 천주."

옥이 구르듯 그 음성이 무척 부드러웠다.

그 음성에 내실에 훈훈한 바람이 불고 있다는 착각이 들 정도였다.

"이천께서는 어떠시오?"

"면밀한 검토가 더 이루어져야겠지만, 현재로서는 그들을 은영으로 간주할 수밖에 없을 것 같습니다, 천주."

"으음……."

모두의 의견을 들은 노인이 가볍게 한숨을 내쉬었다.

그들 앞에 공손히 시립해 있는 적여립의 등은 벌써부터 흠뻑 젖어 있었다.

"그저 호위무사들로 알았거늘……. 그들이 은영이라면, 천령의 정체도 드러났을 터. 으음……."

노인의 두 눈이 지그시 감겼다.

그 누구도 그의 침묵을 방해하지 않았다.

그렇게 적지 않은 시간이 흘렀다.

"염화탁의 분위기는 어떻더냐?"

노인이 한 치 요동조차 없는 적여립에게 물었다.

"놀람의 여파가 당분간 계속될 것 같습니다."

"심기가 깊은 자였거늘……. 그의 조급함이 좀처럼 믿겨지지 않는구나."

노인이 미염을 슬쩍 쓰다듬으며 말을 했다.

"그의 조급함으로 일이 조금씩 틀어지는 느낌을 지울 수 없구나. 해서 말인데, 당분간만이라도 모르는 척 잠잠했으면 좋을 듯한데, 방법이 있겠느냐?"

염화탁의 조급함을 이르는 말이었다.

"염 사제를 이용한다면 충분히 가능할 것입니다."

"그렇다면 다행이구나. 당분간은 철혈무가에 머무르며 부심이 곁을 지키면서 유화의 일에 온 신경을 집중해야 할 것이다."

"명심하겠습니다, 천주."

"그만 물러가라."

평상시라면 수고했다는 말이 나올 것인데.

그 음성이 담담하다 하나 적여립은 노인의 심기가 결코 편치 않음을 절로 느낄 수 있었다.

적여립이 나간 후, 노인을 향해 일천이라 불린 장년인이 입을 열었다.

"천주, 염화탁의 조급함을 이용하면 어떻겠습니까?"

"일시적인 흔들림이 아니겠소?"

"그럴 수도 있겠지만, 여립의 말처럼 염부심을 이용한다면 일이 수월해질 수도 있다는 느낌입니다."

장년인이 조심스럽게 자신의 의견을 피력했다.

"아직 그 믿음이 뿌리조차 내리지 못한 아이이거늘……."

노인이 부정적인 음성으로 말을 했다.

"속하가 보기엔 야망이 적지 않은 아이입니다. 더구나 여립이 그 아이의 곁을 지키고 있으니 충분히 노려볼 만한 변수라 생각됩니다."

"눈엣가시부터 제거하는 것이 우선되어야 않겠습니까?"

잠자코 있던 인물이 일천이라 불린 장년인을 향해 입을 열었다.

"그야 이를 말인가."

"곽한에 대한 애정을 끊지 못한 본인의 우유부단함으로 일을 번거롭게 만들었구려. 천외천의 모든 기밀을 꿰뚫고 있는 아이이거늘……."

노인이 입을 열자 두 장년인이 죄라도 지은 것처럼 난처한 표정을 지었다.

"지금이라도 그에 대한 추살을 명하시는 것이……."

입을 여는 장년인의 음성은 극도로 조심스러웠다.

곽한을 생각하는 노인의 마음을 너무도 잘 알고 있는 까닭이다.

"그래야겠지요. 한낱 정 때문에 천년의 숙원을 그르칠 수는 없는 노릇이니……."

노인이 고개를 가만히 끄덕이다 단호한 표정으로 입을 열었다.

"아무래도 이번 일은 육천성께서 나서야 할 것 같소."

"속하, 천주의 명을 받습니다."

"은영칠주의 하나이니 결코 가벼이 여겨서는 아니 될 것이오."

"명심하겠습니다, 천주."

"그리고 월하정의 아이들은 이기의 천령들에게 맡기는 것이 어떨까 하오만……."

"그들의 능력을 가늠할 수 있는 기회가 될 것이니 현명하신 복안이라 생각합니다."

"저 또한 육천의 의견과 같습니다."
장년인들의 대답에 노인이 흡족한 미소를 지었다.
하지만 그것도 잠시.
'무진강이 남긴 상처가 그토록 깊었거늘, 그가 숨겨놓은 안배로 또다시 피바람이 불 것 같구나.'
무진강을 생각하는 노인의 표정이 이내 깊게 가라앉았다.

그날 밤.
"천주를 뵈옵니다!"
자그마한 모옥 주변에 경계를 서던 무사들이 노인의 등장에 우렁찬 외침을 터뜨렸다.
"다들 수고가 많구나."
노인이 무사들의 노고를 치하하곤 이내 모옥으로 걸음을 옮겼다.

쪼르륵—
노인이 올 것을 예견이라도 했는지 두 개의 찻잔에 찻물을 따르는 용사량.
그의 얼굴에 주름이 부쩍 늘어 있었다.
"좋구려."
차를 한 모금 들이켠 노인이 용사량을 향해 입을 열었다.
얼마만인가.
노인은 그 기억조차 가물거렸다.
무진강과 용사량, 그리고 천문의 은영들과 일전을 펼친 것이

엊그제 같건만, 벌써 그 세월이 수십 년 전의 일이다.

"불편한 점은 없소?"

노인이 마치 벗을 대하듯 물었다.

"적장을 이리도 귀빈처럼 대접하니 그저 육신의 고단함이 그리울 뿐이구려."

편함과 불편함을 동시에 내포한 묘한 대답이었다.

"가시가 박혀 있구려. 후후······."

용사량의 꺼낸 말뜻을 모를 리 없는 노인이 웃음 지었다.

"······."

순간 두 노인 사이에 낯선 공기가 밀려들었다.

그렇게 적지 않은 침묵이 흘렀다.

"곽한이란 아이가 있었소. 본 문의 밀영대주였지요. 그 아이가 은영이라 하더이다. 그것도 은영칠주의 한 명이라더군요. 알고 있었소?"

"북호정에 처박혀 있는 한낱 늙은이에 불과하거늘, 알 턱이 있겠소."

천외천의 모든 인물이 땅이 닿도록 깊이 고개를 조아리는 노인이건만, 용사량에게는 그 또한 자신처럼 늙은이에 불과할 뿐이었다.

그런 용사량에게 노인이 담담한 음성으로 입을 열었다.

"천령이 죽었다 하더이다."

노인의 음성에 찻잔을 탁자에 놓으려던 용사량의 손끝이 미세하게 떨렸다.

"은영들이 드디어 모습을 드러낸 것이겠지요."

"영주의 노력이 그래도 헛되진 않았나 보오."

곧바로 평정심을 되찾은 용사량이 퉁명스런 어투로 말을 했다.

"월하정 호위무사들의 손에 죽었다 하더이다."

'월하정 호위무사?'

용사량의 주름진 미간이 살짝 좁혀졌다.

월하정 호위무사라니.

용사량으로서는 당연히 처음 듣는 이야기였다.

"윤이라는 아이도 월하정의 호위무사입니다. 그 아이도 은영입니까?"

'유, 윤이가?'

노인이 물었지만, 꽤나 충격을 받은 듯 용사량은 그 어떤 대답도 꺼내질 않았다.

"많이 아끼던 아이라 들었습니다. 자식처럼 말이지요."

"그랬지요."

용사량이 담담한 음성으로 대답했다.

하지만 그의 마음은 윤에 대한 걱정으로 벌써부터 시커멓게 그을려 있었다.

"참 독한 아이더군요."

'독하다니?'

북호정을 떠난 후로는 그 어떤 소식도 접하지 못한 용사량으로서는 모든 이야기가 새로울 수밖에 없었다.

"그 오랜 세월을 천치 바보로 살며 온갖 멸시를 받았거늘, 어찌 독하다 말하지 않을 수 있겠습니까."

"으음……."

용사량의 입에서 절로 신음성이 흘러나왔다.

용사량은 노인과의 몇 마디 대화만으로도 지금의 상황이 얼마나 위급한지 알 수 있었다.

결코 밝혀져서는 안 될 윤의 정체까지 발각되다니.

세상의 온갖 풍파를 겪은 용사량이건만, 그의 심장이 크게 두근거렸다.

"조만간 거센 피바람이 불 것 같구려. 상황이 이리 급박하니 조만간 한쪽이 쓰러지는 것은 당연지사가 아니겠소."

"내게 하고픈 말이 무엇이오?"

용사량이 굳은 낯빛으로 물었다.

"그저 들려주고 싶었을 뿐이오."

"그것참, 고맙구려."

용사량이 코웃음을 쳤다.

그런 그에게 노인이 조용한 음성으로 입을 열었다.

"무진강이 천고의 기재임을 부정하진 않소. 하나 그는 약자일 뿐이었소. 지금의 그대와 은영들처럼 말이오."

"자신하오?"

용사량이 되물었다.

"지켜보면 알 터. 기대가 무척 크구려. 무진강의 안배기 과연 어떤 모습으로 내게 다가올지. 후후후……."

용사량과 노인의 표정이 묘한 대조를 이루었다.

* * *

무겁게 내려앉은 분위기.

그 누구 하나 입을 여는 이가 없었다.

아무리 비정한 강호라지만, 동료의 죽음은 언제나 남은 이들에게 슬픔을 강요했다.

'부디 좋은 곳으로 가길 바라마. 부디……'

단필엽이 철혈검대원들의 시신을 싣고 떠나는 마차를 바라보며 고개를 깊이 숙였다.

이를 악문 그의 두 눈가에 투명한 눈물이 맺혀 있었다.

"……"

필보경이 단필엽의 어깨를 두드려 주었다.

필보경의 마음 또한 무겁긴 마찬가지였다.

하지만 대원들을 모두 잃은 단필엽의 마음만큼은 아니었다.

"대원들의 육신은 죽었으나 그들의 혼은 언제까지나 우리의 곁에 있을 걸세. 기운 내시게. 자네가 이리 슬퍼하면 대원들이 어찌 편히 눈을 감을 수 있겠는가."

고개를 들지 못하는 단필엽.

그의 두 볼로 굵직한 눈물을 계속해서 흘러내렸다.

그 시각.

시체처럼 누워 있는 노적위를 바라보는 령령의 표정이 무척 어두웠다.

건유운이 혼신의 힘을 쏟아 노적위의 막힌 기혈을 뚫고 뒤틀린 오장육부를 바로잡았지만, 그의 의식은 여전히 돌아오지 않고 있었다.

"괜찮은 것입니까?"

령령이 땀으로 축축해진 두 손을 쥐었다 폈다 하며 초조하게 물었다.

건유운은 아무런 대답도 하질 않았다.

그조차도 장담을 할 수 없었던 까닭이다.

그나마 다행이라면 어쨌든 숨은 이어놓았다는 것이다.

이제 깨어나는 일은 하늘이 결정할 문제였다.

"우선은 지켜보는 것이 최선인 듯싶다."

입을 여는 건유운의 얼굴이 하얗게 질려 있었다.

노적위의 내상을 치유하기 위해 소비한 심력이 너무 컸던 까닭이다.

휘청—

"괜찮으십니까?"

걸음을 내딛던 건유운이 휘청거리자, 령령이 달려들어 그를 부축했다.

"괘, 괜찮다."

"……."

령령의 얼굴에 걱정이 가득했다.

"걱정 마라. 잠시 현기증이 일어 그런 것이다. 그나저나 영주께서는?"

건유운이 령령을 가만히 밀치며 힘겹게 입을 열었다.

"아가씨와 가 무사께서 영주의 곁을 지키고 있습니다."

"잠시 다녀올 터이니 적위를 부탁하마."

건유운이 나가고, 령령이 노적위가 누워 있는 침상 곁으로 다가가 두 무릎을 꿇고 앉았다.
 '제발… 힘내세요.'
 령령이 차갑게 식은 노적위의 우수를 두 손으로 꼭 잡았다.
 "……."
 뿌옇게 흔들리는 두 눈.
 그것은 분명 눈물이었다.
 노적위의 장신구를 유난히 좋아했던 여인.
 그 누구에게도 꺼내놓을 수 없는 그녀의 마음속 한편에는 노적위를 향한 깊은 연정이 숨어있었던 것이다.
 한편,
 윤의 상태를 확인하기 위해 걸음을 옮겼던 건유운이 놀란 두 눈을 치켜뜨며 자신도 모르게 언성을 높였다.
 "어찌 된 일입니까?"
 놀란 건 무유화나 가오성도 마찬가지였다.
 "어, 어……."
 가오성이 채 말도 잇지 못하고 객실 안의 이곳저곳을 서둘러 살폈다.
 하지만 윤의 모습은 그 어디에도 없었다.
 "잠시 혼자 있고 싶다 해서 자리를 비워준 것인데……."
 가오성이 이마를 덥석 짚곤 미간을 팍 찡그렸다.
 "아가씨, 가 무사님과 함께 객실을 살펴주십시오."
 다급한 건유운의 음성에 무유화가 당황한 표정으로 고개를 끄덕였다.

그 순간,
건유운이 훤히 열린 창문을 향해 쏜살같이 신형을 날렸다.

*   *   *

어둠이 내려앉은 우거진 숲 속에 한 점 빛이 일었다.
그 빛은 이내 일직선이 되어 나타나기가 무섭게 사라졌다.
그러기를 수십 번.
"헉헉헉!"
어둠 속의 한 점을 노려보며 거친 숨을 몰아쉬는 윤.
머리부터 발끝까지 전신에 피를 뒤집어쓴 섬뜩한 모습이었다.
사투를 펼친 후 객잔으로 들어설 때까지만 해도 멀쩡한 모습이었건만.
"……!"
그의 두 눈이 붉게 타오르고 있었다.
아니, 그의 전신이 화마처럼 이글이글 타오르고 있었다.
짜드득—
윤이 손마디가 부러지도록 용혈검을 세차게 쥐었다.
'차, 참을 수가 없다!'
치미는 고통에 숨을 쉴 수가 없었다.
고통을 참으려 온 산을 누볐지만 모두가 허사였다.
뼛속까지 파고드는 고통에 머리가 깨질 것처럼 저려오면 그냥 모든 것을 파괴하고만 싶었다.

그래서 모든 것을 죽였다.

윤은 자신이 무엇을 죽였는지조차 기억이 나질 않았다.

그저 숨결이 느껴지면 가차없이 용혈검을 휘둘렀다.

그럴 때면 잠시나마 고통을 잊을 수 있었다.

하지만 죽인 생명의 핏물이 채 마르기도 전에 고통은 더욱 가중될 뿐이었다.

'안 돼! 제, 제발……'

애원하는 윤의 두 눈가에 핏물이 고여 흘러내렸다.

쿠오오오오―

타오르는 화염.

어찌 인간의 몸에서 화염이 타오를 수 있을까.

"……!"

윤이 뿜어내는 살기에 숲이 죽은 듯 숨을 죽였다.

그 살기가 실로 가공스럽기만 했다.

콰아아아아―

바람 한 점 없던 숲 속에 일순 광풍이 휘몰아쳤다.

그에 산천초목이 미친 듯 몸부림을 쳤다.

천살성의 진정한 위력이 조금씩 그 모습을 드러내는 순간이었다.

하지만 천살성의 본 위력이 드러나면 날수록 윤의 이성은 점점 메말라 갔다.

사라진 윤을 찾는 건 어렵지 않았다.

사방에 넘실거리는 엄청난 살기가 건유운의 전신을 난자할

듯 에워쌌다.

그 살기를 뚫고 얼마를 더 가자 건유운은 화염에 휩싸인 윤을 볼 수 있었다.

'영주!'

건유운이 부릅뜬 두 눈으로 윤을 바라봤다.

일견하기에도 건유운이 그토록 두려워했던 최악의 상황이다.

지금 윤의 상태는 남들이 흔히 말하는 주화입마가 아니었다.

그저 천살성의 기운을 타고난 윤의 정체가 드디어 본모습을 드러낸 것뿐이다.

순간 건유운의 가슴으로 후회가 물밀 듯 밀려들었다.

사투를 끝낸 윤이 괜찮다고 한 말을 곧이곧대로 받아들인 것이 그만 이런 최악의 상황을 초래하고 만 것이다.

하지만 건유운으로서도 어쩔 수 없는 일이었다.

만약 그때 건유운이 윤을 돌봤다면 노적위는 이미 싸늘한 시신이 되어 있을 테니.

'서, 설마! 적위를 살리시려고 폭주하는 천살성의 기운을 감추셨던 것입니까! 그런 것이었습니까!'

천살성의 기운이 폭주를 시작함을 윤이 모를 리 없었다.

그렇다면 답은 뻔했다.

죽어가는 노적위를 살리기 위해 한 마리의 살인귀를 선택한 것이리라.

"여, 영주……."

점점 인간의 껍질을 벗어던져 버리는 윤의 모습에 건유운이 그만 눈물을 주르륵 흘렸다.

그런데 그때였다.

건유운의 바로 뒤까지 한 사내가 소리없이 다가섰다.

윤에게로 모든 몸과 마음을 집중했던 건유운은 그가 다가서는 인기척을 느낄 수 없었다.

다가선 사내는 검은 무복에 검은 복면을 쓰고 있었다.

그리고 그 분위기가 적은 아닌 듯싶었다.

"보고만 있을 것인가?"

'헛!'

사내의 음성에 건유운이 내심 헛바람을 들이켰다.

"보고만 있을 것이냐 물었다."

"누구십니까?"

그 기운이 낯설지 않아 건유운이 혹시나 하여 물었다.

물론 그의 우수는 언제든 출수를 할 수 있도록 이미 검의 손잡이를 쥐고 있었다.

"천살성의 기운이 극성으로 치달아 영주의 몸속에서 폭주를 한다면, 그리고 그 기운이 영주의 전신을 집어삼킨다면 그땐 정말 모든 것이 끝나는 것이다. 폭주가 시작된 이상, 지금으로서 방법은 하나다. 우리가 천살성의 폭주를 외부로 이끌어내야만 한다. 그것만이 영주를 살리는 길이다."

건유운 자신에게 하대를 할 수 있는 사람은 오직 세 명.

이는 곽한의 음성이 아니었다.

영주인 윤과 부영주 곽한, 그렇다면 남은 사람은 단 한 명.

'은영삼주!'

건유운이 놀라 내심 중얼거렸다.

은영삼주는 천문의 마지막 비밀 병기이자 천문 최강의 무사였다.

곽한을 통해 전해 듣기론, 이 세상에 그의 존재를 아는 사람은 단 한 명도 없다 했다.

더불어 곽한이 직접 말하길, 자신조차 그의 십초지적이 안 될 것이라 스스로 인정했다.

은영들에게조차 신비로 여겨지는 인물.

그가 바로 은영삼주였고, 그런 그가 드디어 모습을 드러낸 것이다.

"쉽지는 않을 것이다. 그렇기에 목숨을 걸어야 할 것이다."

팟!

거뭇한 검을 뽑아 들곤 복면인이 한 점 망설임없이 윤을 향해 뛰어들었다.

순간 건유운 또한 쾌속하게 신형을 띄워 올렸다.

'무, 물러나십시오. 제, 제발……'

윤이 간절한 마음으로 자신을 향해 검을 뽑아 든 건유운을 향해 외쳤다.

하지만 무슨 영문인지 자신의 이성과 무관하게 그 외침은 그의 가슴만 떨쳐 울릴 뿐이었다.

"은영삼주, 영주를 뵙습니다."

절체절명의 상황에서도 절제된 예를 취하는 복면인.

놀랍게도 복면인의 여유에 그토록 들끓던 건유운의 마음이 거짓말처럼 잠잠히 가라앉았다.

'제, 제발! 물러나십시오!'

윤은 아무런 소리도 들을 수가 없었다.

그저 물러나라고 외치고 또 외칠 뿐이었다.

하지만 그의 육체는 그 마음과 달리 정반대로 움직이고 있었다.

쿠오오오—

핏빛을 머금은 용혈검이 위험천만한 위용을 뽐내며 복면인과 건유운의 미간을 번갈아 노려봤다.

"……."

윤의 간절한 마음이 조금씩 사라지고 있었다.

그리고 그 마음을 대신해 살성의 욕망이 격동하는 윤의 심장을 뜨겁게 달구고 있었다.

그러던 어느 순간,

쒜애액—

윤이 복면인을 향해 핏빛 용혈검을 일직선으로 찔러갔다.

쩌저저정!

검과 검이 닿기도 전에 서로의 기운이 부딪치며 커다란 뇌성이 울려 퍼졌다.

파지지직—

"파!"

천살성의 강력한 힘에 밀린 복면인이 좌측 발을 대지에 깊게 박곤 허공을 향해 일갈을 내질렀다.

그 순간, 복면인의 검에서 노도와 같은 힘이 뿜어져 나와 윤의 용혈검을 내려쳤다.

콰콰쾅―

엄청난 폭발음에 숲이 거친 몸서리를 쳤다.

푸스스스―

단 한 번의 격돌 후 어둠 속으로 기이한 빛무리가 넘실거렸다.

무표정한 복면인과 두 눈을 더욱 불태우는 윤.

찌이이잉―

서로를 노려보는 용혈검과 복면인의 검이 동시에 기이한 울음을 토해냈다.

'천살성의 힘이 실로 무섭구나!'

복면인이 내심 신음성을 흘렸다.

태어나 처음 느껴보는 지독한 위력이었고, 원초적 두려움을 일으키는 힘이었다.

"후우……"

복면인의 입에서 절로 단내가 토해졌다.

'기회는 단 한 번이다.'

용혈검을 바라보는 복면인의 눈가에 죽음을 불사한 비장함이 어렸다.

쿠오오오오―

복면인이 몸속에 내재되어 있는 모든 내력을 끌어 모아 자신의 검에 담아내었다.

놀랍게도 그 힘이 용혈검의 기세에 뒤처지지 않았다.

그러자 지기는 싫다는 양 용혈검의 기세 또한 덩달아 치솟았다.

'단 한 번에 폭주를 이끌어내야만 한다! 이번 단 한 번의 격돌에 천문의 운명이 달렸다.'

복면인은 간절할 수밖에 없었다.

하지만 그의 눈빛에선 그 어떤 흔들림도 찾아볼 수가 없었다.

믿음 때문이었다.

윤의 폭주를 막기 위해, 만일을 대비해 무진강이 준비한 마지막 안배를 굳게 믿고 있었기 때문이다.

"격돌이 일어나는 순간, 천력거장으로 영주의 단전을 가격하라!"

긴장된 일갈.

하지만 건유운은 그 외침에 미간을 잔뜩 찌푸릴 수밖에 없었다.

천력거장으로 윤의 단전을 가격하라니.

결코 있을 수 없는 명령이었다.

이는 영주를 죽이라는 말과 하등 다를 바가 없었기 때문이다.

하지만 건유운에게는 그 말을 의심할 시간적 여유조차 없었다.

이미 윤과 복면인이 서로를 향해 득달같이 달려들었기 때문이다.

콰콰콰쾅!

파멸의 공격이 서로 부딪치자, 어둠이 일시에 사라지고 눈부신 섬광이 번쩍였다.

그 순간!

쾌애애액—

그 섬광 속으로 건유운이 한 점 빛이 되어 한 치의 망설임도 없이 파고들었다.

 그리고…….

 퍼어엉!

 뱃가죽이 터지는 섬뜩한 소리가 허공에 울려 퍼짐과 동시에, 핏빛 비가 사방에 떨어져 내렸다.

第十一章 운, 모든 봉인을 풀다

수호무사

아무것도 없는 암흑이 눈앞에 펼쳐졌다.

그 어둠 속에서 길 잃은 영혼들이 흐느적거렸다.

헤아릴 수 없는 수많은 영혼들이 갈 길을 찾질 못해 서로 부딪치며 소리없는 아우성을 쳐댔다.

아우성이 커질수록 영혼들의 고통은 점점 더 극에 다다르고 있었다.

고통에 몸서리치는 영혼들의 몸부림이 너무도 안타까웠다.

실낱같은 빛이라도 있다면 저토록 안타까운 몸부림은 없을 텐데.

모든 영혼들이 너무도 힘들어 서서히 지쳐 가고 있었다.

그냥 이대로 주저앉아 영원한 휴식을 취하고 싶다고 울림없는 갑갑함을 토해냈다.

그렇게 얼마의 시간이 흐르자, 극심한 고통에 힘겨워하던 수많은 영혼들이 하나둘 정말로 잠들어 버렸다.

영원한 휴식에 든 것처럼 그들의 모습은 더없이 평온해 보였다.

그리고 찾아온 고요.

세상천지에 이런 고요가 있을까 싶었다.

그 어떤 소리도, 그 어떤 움직임도, 그 어떤 빛도 존재하지 않았다.

말 그대로 아무것도 없는 고요였다.

그렇게 영원히 깨지지 않을 것만 같던 고요가 깨지기 시작한 건 저 멀리 어디선가 전해진 자그마한 진동으로부터였다.

우우우웅—

티끌의 무게도 감히 움직이지 못할 만큼의 미세한 진동이었다.

그런데 믿을 수 없게도 존재하지 않는 어둠의 고요가 그 진동으로 인해 조금씩 깨지기 시작했다.

그리고,

쿠오오오오—

미세한 진동이 얼마 지나지 않아 굉음에 가까운 울음을 토해내며 어둠 전체를 진동시켰다.

이미 죽어버린 영혼으로 취급되었다. 아무리 깨워도 깨어나지 않으니 모든 영혼의 기억 속에서는 이미 그의 존재가 지워져 버렸다.

아무도 관심을 주지 않는 저 끝 어둠 속에 처박혀 그 영혼은 고이 죽은 채 잠들어 있었다.

지금껏.

그런데,

화아아아악—

영원의 안식처에 잠든 줄 알았던 그 영혼이 구슬픈 울음을 토해냈다.

저 멀리서 전해진 진동이 그 크기를 키워 굉음을 울리며 어둠을 흔들자, 놀랍게도 영혼이 그 울음에 반응을 보인 것이다.

우우우웅—

영혼의 울음이 점점 더 구슬피 어둠을 탐닉했다.

그러던 어느 순간,

번쩍—

이런 빛이 과연 존재할까 싶을까.

엄청난 밝음이 영혼으로부터 터져 나왔다.

그 순간 그 어떤 존재도 거부하려 하던 고요의 어둠이 찰나지간 사라지며, 영원의 휴식으로 소멸되어 가던 영혼들의 두 눈이 번쩍 뜨여졌다.

그 형체를 설명할 길이 없는 순백의 기운과 칠흑의 기운이 마치 최면에라도 걸린 양 광활하게 펼쳐진, 영원히 깨나지 않을 줄 알았던, 저 끝 영혼이 열어준 텅 빈 공간으로 모여들었다.

처음에는 아주 미세한 양이었다.

그런데 그 기운이 점점 덩어리를 키우더니, 점점 구체화된 형상을 만들기 시작했고, 종국엔 그토록 광활하게 펼쳐졌던 텅 빈 공간을 빈틈없이 하나하나 가득히 메워 버렸다.

* * *

붉은 여명이 세상을 으스름 밝히는 새벽녘.
휘잉—
부드러운 몸짓으로 녹음을 흔드는 미풍.
그 바람이 조금 열린 창가로 스며들어 가지런히 빗겨진 흑발을 살짝 건드렸고, 흑발의 주인을 흔들어 깨웠다.
"……"
맑았다.
아니, 너무도 환히 빛나고 있었다.
고통에 찡그린 눈살에 의해 가려진 눈빛이 아니었다.
자연스레 흐르는 도도한 기운이 넘실거리는 눈빛이었다.
그래서 달라 보였다.
핏기 하나 없던 탈색된 낯빛에 홍조가 깃들었고, 쩍쩍 갈라졌던 파리한 입술에 은은한 붉음이 그 빛을 발하고 있었다.
'유화……'
눈을 뜨자마자 떠오른 얼굴.
그녀의 얼굴이 떠오르자, 모든 의문이 봄날 눈이 녹듯 자연스레 풀리기 시작했다.
천력거장에 단전이 파괴된, 죽어 마땅했던 몸.
그런데 죽지 않았다.
오히려 몸뚱이가 깃털처럼 가벼워졌다.

무진강이 남긴 천문의 내력, 그리고 천살성의 기운.

 애초에 그 모두가 하나였음을.

 모든 봉인이 풀리고 모든 기억이 깨어나자, 편린으로 떠돌던 모든 것이 제 발로 찾아와 제자리를 찾은 것이다.

 윤은 딱딱한 침상 옆에 기대 두 팔로 몸을 감싼 채 쪼그려 잠든 모습이 무척 애처로워 보였다.

 언제부터 저리 잠들었을까.

 눈을 뜨고 고개를 돌려보니, 곤한 잠에 빠져 있는 무유화를 윤은 한참 동안 바라보았다.

 그리고 얼마의 시간이 지난 후, 윤이 조심스러운 손길로 그녀를 안아 들었다.

 "……."

 혹 단잠이 깰까 윤이 무유화를 조심스럽게 자신이 누워 있던 침상에 눕혔다.

 그리고 잔바람이라도 들까, 손수 꼼꼼하게 그녀의 이부자리를 챙겨주었다.

 "……."

 쌔근쌔근 잠든 무유화의 모습을 바라보던 윤이 무슨 생각에 선지 피식 웃음을 지었다.

 '잘 버텨주었구나.'

 윤이 객실 한편에 외로이 웅크리고 있는 용혈검을 집어 들며 내심 중얼거렸다.

 스윽―

윤이 조심스러운 손길로 용혈검을 어루만졌다.

그런 그의 표정에 표현 못할 만감이 교차했다.

순간!

찌이이잉—

윤의 손길을 느낀 용혈검이 마치 살아 있는 듯 기이한 울음을 토해냈다.

과거의 울음과 확연히 다른 울음이었다.

'혈아 너도?'

용혈검이 토해내는 울음에 윤의 입가에 희미한 미소가 감돌기 시작했다.

『수호무사』 제4권에 계속…

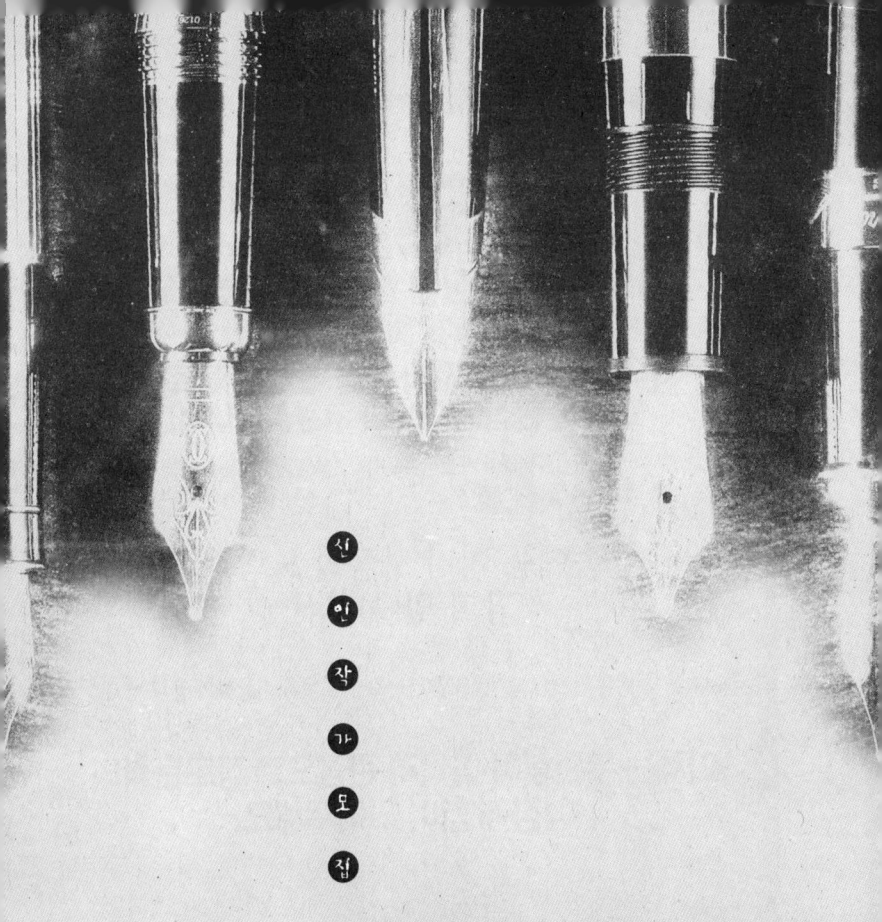

신
인
작
가
모
집

**시작이 반이라고 했습니다.
작가의 길에 대한 보이지 않는 벽을 과감히 깨뜨리십시오!
청어람은 작가 지망생 여러분들의
멋진 방향타가 되어드리겠습니다.**

저희 도서출판 청어람에서는
소설 신인 작가분들을 모집합니다.
판타지와 무협을 사랑하시는 분들의 많은 참여를 바랍니다.
소정의 원고(A4용지 150매)를 메일이나 우편으로 보내주시면
검토 후 출판 여부를 알려드리겠습니다.

주소:경기도 부천시 원미구 심곡2동 163-2 서경B/D 2F 우편번호 420-822
TEL:032-656-4452 · **FAX**:032-656-4453
http://**www.chungeoram.com**
e-mail:chungeoram@chungeoram.com

저작권 보호!!
장르문학의 성장에 힘이 되어주십시오.

저작물의 무단 전재와 복제, 불법 다운로드!
이것은 관심이 아니라 무관심입니다!

작가님들은 창의적 열정과 시간을 투자해 자신의 꿈과 생계를 유지합니다.
한 권의 책을 만들어 많은 사람들은 자신의 인생과 미래를 설계합니다.

저작물 속에는 여러 사람의 노력과 희망이
담겨 있습니다!

저작물의 무단 전재와 복제, 불법 다운로드는 여러 사람들의 꿈과 생계를
위협함으로써 장르문학을 심각한 상황에 빠뜨리고 있습니다.

이제는 무관심이 아니라 관심으로 장르문학의
성장에 힘이 되어주세요.

[도서출판 **청어람**은 항시적인 저작권 보호를 통해 장르문학과
여러분의 희망을 지키겠습니다.]

> **저작물의 무단 전재와 복제, 불법 다운로드는 법률에 의해 처벌받을 수 있습니다.**
> 저작권법 제97조의5 (권리의 침해죄)
> 저작재산권 그 밖의 이 법에 의하여 보호되는 재산적 권리(제73조의 4의 규정에 의한 권리를
> 제외한다)를 복제·공연·방송·전시·전송·배포·2차적 저작물 작성의 방법으로 침해한
> 자는 5년 이하의 징역 또는 5천만 원 이하의 벌금에 처하거나 이를 병과(동시에 두 가지 이상의
> 형벌을 지우는 일)할 수 있다.

장영훈 新무협 판타지 소설

절대강호
絶代强虎

보표무적, 일도양단, 마도쟁패, 절대군림에 이은
장영훈의 다섯 번째 강호 이야기.

절대강호(絶代强虎)!!

악의 집합체 사악련에 맞선 정파강호의 상징 신군맹.
신군맹이 키운 비밀병기 십이귀병, 그들 중 최강의 실력을 지닌 적호.

*"우리가 세상을 얻기 위해 자식을 죽일 때…
그는 자식을 위해 세상과 싸우고 있어. 웃기지?"*

신군맹 후계 자리를 차지하기 위한 대공자와 삼공녀의 치열한 암투 속에서
오직 딸을 지키기 위한 적호의 투쟁이 시작된다.

**"맹세컨대, 내 딸을 건드리면…
상상도 할 수 없는 일이 벌어질 거야."**

Book Publishing CHUNGEORAM

유행이 아닌 자유추구 -
WWW.chungeoram.com

강호와 천하를 삼킨 천부(天府),
천부천하를 뒤흔든 게을러빠진 천재가 나타났다!

어떤 무공이든 한눈에 익힐 수 있는 공전절후한 무위.
좌수(左手) 마두, 우수(右手) 대협으로 펼치는 독창적인 무쌍류.
빼어난 요리 실력과 정도를 아는 횡령(?)까지.
놀라운 재능을 가진 무림의 신성 이무쌍!

그가 친우(親友) 소운과 자신의 안락함을 위해 강호에 섰다!
가슴 따뜻한 무쌍의 인정 넘치는 이야기.
천부천하(天府天下)!

Book Publishing CHUNGEORAM

임영기 新무협 판타지 소설

대중원 大中原

**천룡(天龍)이 지상으로 내려왔다.
구름과 바람과 영웅들이 모여든다.**

운종룡풍종호(雲從龍風從虎).

천룡이 가는 곳에 **구름**이 가고,
범이 가는 곳에 **바람**이 간다.

천룡은 구름과 바람을 일으켜
대중원(大中原)을 호령한다.

Book Publishing CHUNGEORAM

유행이 아닌 자유추구 -
WWW.chungeoram.com

Dragon order of FLAME
폭염의 용제

김재한 판타지 장편 소설

「사이킥 위저드」, 「마검전생」의 작가 김재한!
그가 그려내는 새로운 액션 히어로가 찾아온다!

모든 것을 잃고 복수마저 실패했다.
최후의 일격마저 막강한 레드 드래곤 앞에서 무너지고,
죽음을 앞에 둔 그에게 찾아온 또 하나의 기회!

"네 운명에 도박을 걸겠다."

과거에서 다시 눈을 뜬 순간,
머릿속에 레드 드래곤의 영혼이 스며들었을 때,
붉은 화염을 지배하는 용제가 깨어난다!

강철보다 단단한 강체력을 몸에 두른
모든 용족을 다스리는 자, 루그 아스탈!

세상은 그를 '폭염의 용제' 라 부른다!

Book Publishing CHUNGEORAM

유행이 아닌 자유추구 -
WWW.chungeoram.com